I Write to You
from Pisces

我在双鱼座上给你写信

李亚伟四十年诗选

李亚伟 著

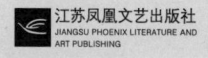

江苏凤凰文艺出版社
JIANGSU PHOENIX LITERATURE AND
ART PUBLISHING

图书在版编目（CIP）数据

我在双鱼座上给你写信 / 李亚伟著. —南京：江苏凤凰文艺出版社，2023.3
ISBN 978-7-5594-6307-4

Ⅰ.①我… Ⅱ.①李… Ⅲ.①诗集—中国—当代 Ⅳ.①I227

中国版本图书馆 CIP 数据核字(2021)第 199219 号

我在双鱼座上给你写信

李亚伟　著

出 版 人	张在健
策　　划	贾梦玮
责任编辑	孙楚楚　于奎潮
装帧设计	周伟伟
责任印制	刘　巍
出版发行	江苏凤凰文艺出版社
	南京市中央路 165 号，邮编：210009
出版社网址	http://www.jswenyi.com
印　　刷	苏州市越洋印刷有限公司
开　　本	880 毫米×1230 毫米　1/32
印　　张	7.125
字　　数	150 千字
版　　次	2023 年 3 月第 1 版
印　　次	2023 年 3 月第 1 次印刷
标准书号	ISBN 978-7-5594-6307-4
定　　价	52.00 元

江苏凤凰文艺版图书凡印刷、装订错误，可向出版社调换，联系电话 025-83280257

目 录

金色的旅途

003 — 青春与光头

005 — 天空的阶梯

007 — 内心的花纹

009 — 异乡的女子

011 — 水中的罂粟

013 — 风中的美人

014 — 内心的深处

015 — 酒中的窗户

016 — 白色的慕容

018 — 秋天的红颜

020 — 云中的签名

021 — 寺庙与少年

023 — 岛

028 — 深杯

030 — 梦边的死

032 — 渡船

033 — 破碎的女子

035 — 妖花

037 — 夏日的红枣

039 — 远海

041 — 色

043 — 三月

045 — 金色的旅途

050 — 我们

054 — 大酒

056 — 天山叙事曲

059 — 自我

063 — 饮酒致敖歌

065 — 生活

067 — 星期天

069 — 几何老师

071 — 高尔基经过吉依别克镇

073 — 司马迁轶事

075 — 南方的日子

077 — 伫望者

079 — 行人

081 — 成年人

085 — 给女朋友的一封信

088 — 好姑娘

090 — 毕业分配

094 — 硬汉们

098 — 中文系

106 — 苏东坡和他的朋友们

记事与讲述

111 — 成都东郊抒情

113 — 散户记事·1990

115 — 新月勾住了寂寞的北窗

117 — 无形光阴的书页

118 — 时光的歌榭

120 — 我在双鱼座上给你写信

121 — 初夏午后的天边

122 — 汽修厂纪事

124 — 茶山抒情

126 — 酒醉心明白——给二毛的绕口令

128 — 野史之一——春日来客

130 — 野史之二——远眺埃及

133 — 题李青萍油画《富士山》

红色岁月

139 — 第一首
141 — 第二首
143 — 第三首
144 — 第四首
146 — 第五首
148 — 第六首
150 — 第七首
151 — 第八首
153 — 第九首
154 — 第十首
155 — 第十一首
157 — 第十二首
159 — 第十三首
160 — 第十四首
162 — 第十五首
164 — 第十六首

河西走廊抒情

170 — 第一首
172 — 第二首
175 — 第三首

177 — 第四首

179 — 第五首

181 — 第六首

183 — 第七首

185 — 第八首

188 — 第九首

190 — 第十首

192 — 第十一首

195 — 第十二首

197 — 第十三首

199 — 第十四首

201 — 第十五首

203 — 第十六首

205 — 第十七首

207 — 第十八首

209 — 第十九首

211 — 第二十首

213 — 折腾

金色的旅途

青春与光头

如果一个女子要从容貌里升起,梦想长大后要飞往天上
那么,她肯定知道青春容易消逝,要在妙龄时留下照片和
  回忆

如果一个少年过早地看穿了自己,老是自由地进出年龄
那么,在他最茫然的视觉里就有无数细小的孔,透过时光
到成年时能看到恍若隔世的风景,在往事的下面
透过星星明亮的小洞也只需冷冷地一瞥
就能哼出:那就是岁月

我曾经用光头唤醒了一代人的青春
驾着火车穿过针眼开过了无数后悔的车站
无言地在香气里运输着节奏,在花朵里鸣响着汽笛
所有的乘客都是我青春的泪滴,在座号上滴向远方

现在,我看见,超过鸽子速度的鸽子,它就成了花鸽子

而穿过书页看见前面的海水太蓝,那海边的少年

就将变成一个心黑的水手

如果海水慢慢起飞,升上了天空

那少年再次放弃自己就变成了海军

如同我左手也放弃左手而紧紧握住了魂魄

如果天空被视野注视得折叠起来

新月被风吹弯,装订着平行的海浪

鱼也冷酷地放弃自己,形成了海洋的核

如果鱼也只好放弃鳃,地球就如同巨大的鲸鱼

停泊在我最浪漫的梦境旁边

天空的阶梯

空中的阶梯放下了月亮的侍者
俯身酒色的人物昂头骑上诗中的飞马
今生的酒宴使人脆弱,沉湎于来世和往昔
我温习了我的本质,我的要素是疯狂和梦想
怀着淘空的内心要飞过如烟的大水

在世间,一个人的视野不会过分宽远
如同一双可爱的眼睛无法照亮我的整整一生
我骑马跑到命外,在皇帝面前被砍下首级
她明白这种简单的生死只需要爱和恨两种方式来摆平
她看见了道理,在生和死的两头都不劝酒
不管哪路美女来加入我内心的流水筵席
她的马蹄只在我皮肤上跑过
在朝代外发出阅读人间的声音

她也这样在我命外疾驰,穿过一段段历史

在豪饮者的海量中跑马量地

而我却在畅饮中看到了时间已漫出国家

她的去和来何曾与我有关

天空的阶梯降到海的另一面

我就去那儿洗心革面,对着天空重新叫酒!

内心的花纹

你内心的姐姐站上城楼
眺望那外在的妹妹
美女,你喝红了脸
想在自己两种年龄上点数着中间的行人

这样的眺望也使一个男人分裂成两个
一个美丽的老翁,一个万恶的少年
从两个方面想归纳到婚姻的上面

美女,你多才、懒散,他也一事无成
如同隐私的字词那么混蛋而又徒劳
在狡诈的抒写中根本不需要偏旁和声调

从姐妹之间穿过说不定就成了兄弟

他孤身一人，朝各个方向远行

爱情的图案，由他散漫地发展成人生的花纹

在爱他和恨他的人中被随便地编织

然后归还到你的手头

想想，如果大家都已死去

那些外在的优美也会被拉链拉进内心

异乡的女子

满目落英全是自杀的牡丹
花草又张冠李戴,露出了秋菊
如同黄昏的天空打开后门放出了云朵

这时火车从诗中往北开去
把一个女子轧成两段
出现了姐姐和妹妹
这一切发生在很远的内心
却又写在错长于近处的脸上

她的美丽在异乡成了气候
如同坐火车是为了上大学
划船读书是为了逃避婚姻
有一个文学作品中的主人翁

正与你同样落水

又有过路的侠客在镜中打捞

而情人们却无意中把水搞浑

满树的脸儿被同情的手搞走

直到盛夏还有人犯着同样的错误

我只有在秋日的天空下查阅和制造

找出琼子和慕容

用一个题目使花朵和树叶再次出现

她们一真一假

从两个方向归结到虹娃的身上

在这些个晴好的天气

一行行优美的文字把她迎上了枝头

水中的罂粟

我要拿下安徽省,草在前面开路
世界上最大的湖就是巢湖
星星月亮们端也端不住荡漾的湖水
把你细腰的软桨从衣服里抽出来
你这样退来退去还不是从苹果退成了花

这个倒行逆施的夜晚,我一阵乱划
星星们在鱼背上钉也钉不住
牙齿也咬不进苹果
哦,你柔软的桨
是我从少数民族手里买来的
划过两个酒窝
就算是把巢湖又划到了另一个省

想起你们安徽

树叶和酒厂的工人就朝那儿出发了

我坐着半架汽车

乡亲们追过来纯粹只看到了一只轮子

另一只轮子慢慢转动，朝肥东轧过去

哦草哦，低眉折腰的妹妹

晕死在路边的罂粟

我扶不起你的意思

星星们正在水底打钟

而我听不懂最简单的声音

我要安徽的西面，我目前正在路上

用半条命朝另外半条对折过去

风中的美人

活在世上,你身轻如燕
要闭着眼睛去飞一座大山
而又不飞出自己的内心

迫使遥远的海上
一头大鱼撞不破水面

你张开黑发飞来飞去,一个危险的想法
正把你想到另一个地方
你太轻啦,飞到岛上
轻得无法肯定下来

有另一个轻浮的人,在梦中一心想死
这就是我,从山上飘下平原
轻得拿不定主意

内心的深处

在现实中喝酒，绸缪缱绻
看见杯中那山脉和河流的走向顺应了自然
看见朋友从平原来，被自身的才华砍死在岸边
你便拒绝了功名，放弃了一生的野心

你骑马穿过傍晚，碰到了皇帝
沿途的事物都很清晰，草比人粗
碰到了学者，正在观察水和波浪
你穿过了妓女，在江边，一楼一凤

你看那如烟的大水放弃了什么
你站上桥头，看那一生，以及千古
用每天的小酒局杀尽了身外的事物
却在内心的深处时时小心，等待和时间结账

酒中的窗户

正当酒与瞌睡连成一大片
又下起了雨,夹杂着不好的风声
朝代又变,一个好汉从山外打完架回来
久久敲着我的窗户

在林中升起柴火
等等酒友踏雪而来
四时如晦,兰梅交替
年年如斯

山外的酒杯已经变小
我看到大雁裁剪了天空
酒与瞌睡又连成一片
上面有人行驶着白帆

白色的慕容

在事实和犹豫间来回锄草
下流的雨,使春天美丽.
你的身世迎风变化,慕容
满树的梨花又开白了你的皮肤

在毛线中织秃了头
就有一只闪亮的鸟儿飞出了海外
在二月,在九月
你从两个方向往中间播种
洁白的身世沾满了花粉

素日所喜的诗词如今又吟诵
窗外的梨子便应声落向深秋
你忘掉了自我

闭着眼浇灌意境中的坏人
漫山的雨水已覆盖了梦外的声音

你怎样看到美梦的尾巴窜过清晨的树丛
或者一朵早蕾的桃花发现了大雪
在粉红中匆忙裹紧
又被强暴得大开？

远方的鸟翅荡开大海看见了舟楫
意料中的事在如今等于重演，天边的帆
使人再次失去雨具和德行
手一松，一切都掉在了地上

秋天的红颜

可爱的人,她的期限是水
在下游徐徐打开了我的一生

这大地是山中的老虎和秋天的云
我的死是羽毛的努力,要在风中落下来
我是不好的男人,内心很轻

这天空是一片云的叹气,蓝得姓李
风被年龄拖延成了我的姓名
一个女人在蓝马车中不爱我
可爱的人,这个世界通过你伤害了我
大海在波浪中打碎了水

这个世界的多余部分就是我

在海中又被浪费成水

她却在秋末的梳妆中将一生敷衍而过

可爱的人,她也是不好的女子

她的性别吹动着云,拖延了我的内心

云中的签名

今夜的酒水照见了云朵

我振翅而去,飞进远方的眼睛

回头看见酒店为月光的冷芒所针灸

船在瞳孔里,少女在约会中

我的酒桌边换了新来的饮者

月亮的银币掷在中天!

两袖清风,在昨日的吧台

时间的零钱掏空了每一个清醒的日子

我只有欠下今天几文,把海浪的内衣朝沙滩脱去

拂袖而起,把名字签在白云的单上

飞进天上的庭院

转身关上云中的瞳孔!

寺庙与少年

我的青春来自愚蠢,如同我的马蹄声来自书中
我内心的野马曾踏上牧业和军事的两条路而到了空虚的深处

如今,在一个符号帝国中度过的每一天都是极其短暂的
我完全可以靠加法加过去了事
我和战争加在一起成为枪,加在美女里面成为子弹,加在年龄的上面成为学者
这样,好事不出门,坏事传千里把我传出了学术界
我的一生就是 2+2 得 4、4+4 得 8、8+8 得 16 的无可奈何的下场

在青春期,曾经有三个美女加在一起拒绝男人
曾经有三个和尚无水喝,在深山中的寺庙前嬉笑
曾经有一个少年是在大器晚成的形式上才成了坏人

我有时文雅，有时目不识丁

有时因浪漫而沉默，有时

我骑着一匹害群之马在天边来回奔驰，在文明社会忽东忽西

从天上看下去，就像是在一个漆黑的论点上出尔反尔

伏在地面看过去，又像是在一个美丽的疑点上大入大出

岛

今夜。雪山朝一双马蹄靠拢。牛朝羊靠拢。
今夜。草原停泊在小镇前面。海停在鱼前面。诗人停在酒中。
今夜。马遇到了雪山。
酒遇到了我们。

今夜和你。闪电和鬼。风和肩膀。让房门大开!
面对一场远方的邂逅。我们不在乎看见的是谁。草原正在向过去出发。风把草原吹过去。地主从盆地跑过来。时间跑过去。人跑过来。一声碰撞就爆发了土地的革命。
拖拉机朝前开。一路上发动人民。云朝下看。岛朝外游。风缩短身材。天越长越高。
人越矮越快活。
问题越想越过瘾!

今夜和你。马背和星光。街上走过一个翻身的青年。一个懂我的人在比你更远的地方入睡。我的嘴唇正为他奔袭去年的故事。

去年的故事属于去年的语言。花属于速度。

有人在裙子里紧紧地做女人。花在鸟的背上。鸟在云的左边。云在海的上空飘过。

去年的意图乃秋收后对粮食的误解。吃是活下去的借口。演员是观众的皮肤。草跑来跑去地吸收水分。

去年。我从书中滚出来去找职业和爱人。

去年。我的脸在笑容的左边。牧民在马上。孩子在乳齿中。手在事物里。朋友在岛上。

从岛到草原。从贝壳到毡房。

秋天瞧着云。云瞧着枫树。枫树瞧着红色。

那些红色从一棵树飞向另一棵树。从一种事物飞向另一种事物。从你飞向我。从个人飞向集体。今夜。

我和你。两个人物。从去年到今年。

火车摸索着所有情节。终致一团乱麻。破坏了所有终点。

脸退进表情。飞翔退进羽毛。

今年的故事是你经验之外的东西。花就是花。

从字到人。从鱼到鸟。我为此做尽了手脚。

你也活在我经验之外，大做其他事物的手脚。

活得像另一个人，另一个字。另一朵花，陌生而又美丽。另一条鱼。一座新发现的岛。

今年的秋天是对往事的收割。路子简单。动作熟。手脚快。拖拉机在大树下。胡豆在麦子的侧边。牛在羊的侧边。老二在老大的后面。

从小镇到雪山，从狗到马。两次机会，一种味觉：玉米和酒；男人和女人；风和马和牛。

从出门到回家，从观众到演员，从头到脚。两个方向，一种混法。

从去年到今年。从脸到表情。

秋季对着天空。小屋对着月亮。月亮对着人。

睡觉只是过场；醉酒已不能说明问题；流浪也不再过瘾。

一个人物是一次念头；一个字是一次与外界的遭遇；一个月亮是一柄收割童年的镰刀。飘过去的云是继母。

今夜和你。星星的马蹄践踏天空而去。

今夜和你。黑发和云和歌飘飘忽忽。

瞄不准的吻，回家而又瞄不准门！

金色的旅途

一个男人咬着烟斗，看今夜怎么才能破晓。

今夜。雪山的下面，草原的上面。风的背上。那家。那人。那面孔。
树朝木材发展。钟表朝静夜滚去。那小屋。那人。那手。
一场黑头发的爱情，曾爱红过我们的眼。
一首诗。一个女人。一次机会。
一杯酒。一座小镇。一次男人。
声音把句子从书里面取出来，
语言把内容从心头拖过，
往事把颜色从布里面抽出来。
不崇高，
不冷峻，
也不幽默。

今夜。酒杯和木桌。眼一点不眨。
今夜。神仙和云。山一点不高。
水也不深。
人似曾相识。
今夜。一次机会，两种感觉：
贝壳和毡房，

鱼和花。

今夜。一次机会,两种可能:

我和你,

岛和草原。

深 杯

在蓝色的湖中失眠,梦境很远
千里之外的女子使你的心思透明

你如同在眼睛中养鱼
看见红色的衣服被风吹翻在草丛中
一群女人挂着往事的蓝眼皮从岛上下来洗藕
风和声音把她们遍撒在水边

她们的肌肤使你活在乱梦的雪中
看见白色藕节被红丝绸胡乱分割
你一心跳,远方的栅栏就再也关不住羊
它们从牧民的信口开河中走出来,吹着号角进入森林
又在水面露出很浅的蹄印

将命运破碎的女子收拾好,湖水就宁静下来
你从一块天空中掏出岛屿和蝴蝶回到家中
一如用深深的杯子洗脸和沐浴
上面是浅浅的浮云,下面是深深的酒

梦边的死

我这就去死
骑着马从武汉出去
在早晨穿过一些美丽的词汇
站在水边,流连在事物的表面

云从辞海上空升起
用雨淋湿岸边的天才

出了大东门
你的思想就穿过纸张,面对如水的天空
发现写作毫无意义
因为马蹄过早地踏响了那些浪漫的韵脚
你根本无法回到事物的怀中
自恋和自恨都无济于事

而人只能为梦想死一次

我命薄如纸却又要纵横天下

沿着这条河

在词不达意时用手搭向远方的心

或顺着回忆退回去躺在第一个字上

死个清白

渡 船

用蝴蝶做帆在草地上来回划行,亲爱的
桨搁在最显眼的部位,你脱下乳罩帮着来划

骑在桅杆上看激烈的风景,这样很危险
你还是下来,帮我掌住下面的舵
再用左手接住我递给你的小东西
这时要是想想道德和法律
一颗糖就控制不住自己的甜味
无端端地柔软,透露出愉快的消息

我说,如此美丽的天气,死去或活着都随你的便
而你紧闭了眼说你不要听,咬住船头
穿过亚麻、黄柳和高粱
要在天黑之前赶回姐妹们中间

破碎的女子

桃花在雨中掩盖了李家的后院
女人们已纷纷死于颜色，被流水冲走
纷红骇绿中我又听到了天边的声音

一支短笛
想在远处将她们从无吹奏到有

想在红色和香味中提炼出她们的嘴唇和声音
在一首短歌的最淡处唤出她们的身姿
使她们妖娆、活得不现实
在极为可疑的时间里
她们咬着发丝射箭和做爱
随后成立诗社，在吟唱之前又大醉而散
各自随着脸上的红晕趴在花瓣上慢慢消逝

这样的女子命比纸薄,不得不重复地死

她们曾经用声音搀扶着一些简单的姓名,让你呼唤

或用颜色攀过高墙进入人生的后院

就这样把自己彻底粉碎,渗进红尘

在笛子众多的音孔里哀伤和啜泣,不愿出来

下个世纪,丑女子将全部死掉

桃花将空前地猖狂

弥漫在香气和音乐之上成为一个国家

妖　花

你妖里妖气的声音
要我过早地垂死在舵上

大陆的气候反复无常
漫山遍野的丑女孩
从群众的长相中一涌而出

一个抒情诗人怕风，讨厌现实
在生与死的本质上和病终生周旋

现在我把船拴在你的姓氏上
靠在岛边喝酒
酒中的任何事物：
一棵叹息的玉米

或一座更小的岛

会让我终生在细节上乱梦

在唯一的形式上发疯

喝空这杯酒

我就要趴在舵上一死了之

夏日的红枣

你一会儿是母亲
一会儿是女儿
声东击西地采摘水果
打下的酸枣
便由我俩分担

你是一个小女子
把家人彻底蒙住
鼓声之外你就弄错了地方
你从溪头或树枝几个方向去玩都行
我要留在竹竿的下端

这些鲜红的水果,经过观看
便不再是村东女子的嫁妆

而是一个初恋的人做出来的味道

你还小

枣子就不敢成熟

这是夏天

夏天不好

远　海

我还是要把船拴在你的名字上，前面的海水太蓝
骑在大鱼上失眠，使我愈加气短和无力

犹如在三月，你把贫病的身子挂在美色上招展
远远地看见了海，听到了月经初次来潮的声音

我就只有从岛上下来，把枪扛在肩上
看着你去死

无节制的错误，同样发生在北方的海岸线
我用极坏的身体穿过十三、十四、十五这些日期
沿途胡乱放枪，胡乱在火车门边上吊
疲倦已使我经受不了浪漫，透过玻璃
我就死在窗户的外边

我沉迷于幻觉和潮汐

倾听母亲用一根筋怀你的声音

看见那粗壮的树伸进黑夜用枝条怀上苹果

色

她属于蓝色，而蓝色是一种距离

她翱翔而没有羽毛，注视而没有眼睛

她想念而不记忆，快感而不文化

她属于一种形式，她因此翱翔

她属于一种方法，她因此解决了自身

她属于她之外的东西，因此她无地自容

她无话可说，因为她已被语言说出

她充耳不闻，因为她已被声音听见

她一无所有，因为她已被事物混淆。羽毛反倒成了飞翔

岛屿成了天空的洞穴。春天成了雨水

她成了一种境界。一个虚词。逃避造句

她成了一种语气。语气成了月亮。月亮成了路途。一个人正
　　被语言叙述

她成了一种氛围，翱翔在飞行的动作中无法成为鸟

她成了呼唤，发生在旋律里而无法成为大提琴
她在熠熠生辉的剑舞套路中抽出来的不是剑
她在一首诗的反复吟唱中句句都没有字
她属于蓝色，而蓝色是一种距离。

三 月

飞是一种颜色向另一种颜色的过渡。在三月
冰雪覆盖了姓名、卵石和海峡,看朱成碧在雪国成了可能
花朵和颜色向三月聚拢
鸟儿望北飞去,万物或行或飞均随意为之

但是鸟儿,如今你要飞越高山了
白帆正牧海远去
在三月,飞翔是一种俯就
是对人或鸟的另一种设计
如今你正穿越在一句话的中间
这句话在一首诗里
这首诗一旦写完你就将从你自己身上消逝
这首诗一旦写完你就到了另一个地方

三月是海拔最低的季节

在三月,鱼目看见了狐狸,鱼目也能看见文字

在三月,平原上出现了视听能及的东西:

鲜花。羽毛和村庄。鹰。燕子

云和你的乳房。鸟儿。苹儿

银杉。白云。她。月亮与河流

在三月,我手牵葡萄藤驾驭着酒瓶漫游归来

金色的旅途

我想我是去扎伊尔
我没有迷路
我只是选择了穿过班多河谷的另一条路
森林算什么,烈日算什么呢?
我见过一条山脉一直伸进了物质社会

我不知道我的这条路有多远
我想我甚至不是去扎伊尔
我不想去哪儿
而不想去哪儿却去了南美
我在波哥大干活来着还是怎么的
我在亚马孙偷猎来着还是怎么的
我吸树叶,每日三餐河马
我沿着智利海岸一直流浪

我边走边想

我这是在哪儿

是不是迷了路

我不知道去哪儿

这正说明我这笨蛋是去了哪儿

我在自己脑袋里背着手走路并掉进河中

水算什么呢

只不过它常呵得我直痒

我掉下水时河上没有船

世界各地都没有

只要爬上岸我就不是鱼也不想造船

只要勉强是个人

我就得去西部

在去拉萨的大路上

我发现另一个家伙也不是汽车

我投宿在自己梦里并发出尖叫声

一座村庄被月亮照到了另一座村庄

一头动物在水中发现自己原来是狮子

这说明其他小动物将发生危险

这说明我确实到了扎伊尔

我在半夜里突然就走到了朋友们中间

所以大家皮肤都黑得让人满足

没理由成为花皮肤

如果说我是一个行吟诗人

我这是被大路对付到小路上来了

也可以说我这是被内容歪曲成了另一种文字

也可以说我原来是赵国人，而不是楚国人

苦读先秦诸子之余我写扯淡的诗

沿岸的码头越来越多，越来越嘈杂

我无须上岸，无须写高贵永恒的东西

我不寻根，甚至不关心我现在何处

那么刚才我是怎么从海南岛回来的呢

大概因为我想迅速写下这首诗

写完后我会说

当年只是有人选择了渡过琼州海峡的另一条路

没乘船也没坐飞机

我根本没去过那岛，只要文化做证

我就是师范学院的一个教师

我戴着眼镜，从不迷路

我在三年级培育热血的谷物

在四年级栽种穿裙子的水果

我从不写诗,也没混过火车,怎么会呢

我纯粹是坐在一家酒馆里

路灯被老板娘经营得歪斜

我刚和外国娘儿们跳舞来着,和女旁客

我这是否算是在苏联

你看我会是谁

只要你不是哥们儿我就不是李亚伟

如此看来,时间算什么

路程又值几何

我没有迷路

我只不过刚才兜风来着

我刚才押送着我的鼻子哼哼着穿过一些地方来着

我刚才举着手散步

刚才我在床底下流浪,五年后才回到故乡

我是一个多么成功的人物

我用语言飞越了海峡

我用语言点燃了鸦片

我用语言使娘儿们怀了孕

其实成功和活下去是同一回事

活下去能使汽车转弯之后再次成为汽车

现在,因为汽车可能掉进班多大峡谷

我就有了刚从河里爬上岸的感觉

我不知道这条路还有多远

我这是行走在半路上,要是我忽略了这点

我就会平静地笑一笑

勉强像个人地笑一笑

我不在乎我是在走回头路还是

在一直走下去

我相信我这是去扎伊尔

我 们

我们的骆驼变形,队伍变假
数来数去,我们还是打架的人

穿过沙漠和溪水,去学文化
我们被蜃景反映到海边
长相一般、易于忘记和抚爱
我们被感情淹没,又从矛盾中解决出来
幸福,关心着目的,结成伙伴
坐着马车追求

我们是年龄的花,纠结成团
彼此学习和混乱
我们顺着藤子延伸,被多次领导
成为群众和过来人

我们在沙漠上消逝,又在海边折射出来

三年前,我们调皮和订婚
乘船而来,问津生死,探讨哲学,势若破竹
我们掌握了要点,穿过雪山和恒河
到了别人的家园
我们从海上来,一定要解决房事
我们从沙漠来,一定要解决吃穿
我们从两个方面来,入境问禁,叩门请教
理解,并深得要领

我们从劳动和收获两个方向来
我们从花和果实的两个方面来
通过自学,成为人民
我们的骆驼被反射到岛上
我们的舟楫被幻映到书中
成为现象,影影绰绰
我们互相替代,互相想象出来
一直往前走,形成逻辑
我们总结探索,向另一个方向发展
蹚过小河、泥沼,上了大道

我们胸有成竹，离题万里

我们从吃和穿的两个方向来到城市
我们从好和坏的两个方面来到街上
我们相见恨晚，被婚姻纠集成团
又被科技分开
三年来，我们温故而知新，投身爱情
在新处消逝，又在旧中恳求
三年后，我们西出阳关，走在知识的前面
使街道拥挤、定义发生变化
想来想去，我们多了起来，我们少不下去

我们从一和二的两个方面来，带着诗集和匕首
我们一见面就被爱情减掉一个
穿过塔城，被幻影到海边
永远没有回来
我们就又从一和二两个方面来
在学习中用功，在年少时吐血
我们勤奋、自强而又才气绰绰
频频探讨学问和生育，以卵击石

我们从种子和果实两个方面来到农村

交换心得，互相认可

我们从卖和买两个方向来到集镇

在交换中消逝，成为珍珠

成为她的花手帕，又大步流星走在她丈夫的前面

被她初恋和回忆

车水马龙。克制。我们以貌取人

我们从表面上来

在经和纬的两种方式上遭到了突然的编织

我们投身织造，形成花纹，抬头便有爱情

穿着花哨的衣服投身革命

我们流通，越过边境，又赚回来一个

我们即使走在街上

也是被梦做出来的，没有虚实

数来数去，都是想象中的人物

在外面行走，又刚好符合内心

大　酒

一年又一年
也就是一杯又一杯

一男一女
文字和鸟儿
拉出长长的声音
从南到北
从听到看
刚好看得见云
和云下的尘世

空气和山脉
酒和水
有一只鹰从天上下来联系

回答和问话

如同剑和鞘

里面是光阴

更里面是一和二

大和小

有一艘船载走了最小

而白和黑

放出一匹小马

正踏乱你的棋局

踏乱了有和无

一道又一道波浪

消逝在巨大酒杯的岸边

而我只看到

在天与地之间

是一个大东西

一个远东西

天山叙事曲

他要去渡塔里木河

要长相没长相

不要才华又有那么一点

一个软弱的人,背着粮袋骑马过天山

没有理由

也没有命数

如此没用的人

背着什么也无济于事

因为如果是流沙

它会自己走,张着小嘴吹风

会抬头游过黄黄的腾格里

因为如果是数字

它会和邂逅有关

小小的嘴唇会对着牧区抢先读出0

一个靠软弱远行的人,他要流淌

水会来帮他

蛇会来帮他

一个过时的人,他要动脑筋

一夜行走就会走到信中

如此软弱的人

河水都比他硬

这样的人内心甜蜜,长着高个

我们在城里碰到

这样的人,常常是熟悉的朋友

常常是女孩的哥哥

这样的人只有去渡塔里木河

戴着草帽,所有的省份都拒绝他

这样的人去当兵不会射击

这样的人去做客会把主人送走,自己留下来

他戴着草帽,粗通文墨

在上游写信,或者在下游的磨坊里碾米

用阳光催促事物朝坏处发展

无情无义

看着女子绣花边

心就比丝线还缠绵

塔里木河正在上涨

淹没了沿岸的小个儿

而那软弱的人，在毡房里碰完了运气

白天如同牧民的儿子

晚上如同篡位的叔叔

胆儿小，信心又不足

放出去的牧群一次也没收回来

这样的人，我碰到过

在城里很有文化，你还未揍他

脸就吓白，心跳好几天

这样的人翻过了天山

像是一心要为葡萄干而死，我管不了他

他纯粹不需要自己，只想利用自己渡河

红花在天山里开了又开

他又骑了一匹含情脉脉的马

这样的人，正是我的兄弟

渡河之前总来到信中

自　我

伙计，我一分为二
把自己掰开交到你的手头
让你握住了舵

眼前是自生自灭的人生潮流
伙计，我是多么急切！哭得像条鱼
你伸出手来摸一摸我与你混乱的地方
那儿不消说它肯定是云，轰炸了天空
你纷纷扬扬喊我的名字，喊我多余的地方
你闯进了我们相像的部位
就知道我与你多么不同
我朝前游去，是一条穿雨衣的鱼
又在一座桥下，引爆了它

我干脆、就如此在个人上散伙

在这个世界上，我是谁都可以握在手中的铁的事实

是窜来窜去的证据

是太阳从地球上一棒捅出来的老底

伙计，你是这个，我就是那个

是相互握住的把柄

日子越来越不好混哪

弄清楚，伙计

每个人都在散伙

完完全全成了一些字！字！和水！

我是生的零件、死的装饰、命的封面

我是床上的无业游民，爱情世界的盲流

混迹于水中的一条鱼，反过来握住了水

我是天空的提手

鸟儿们把每一天提出去旅行

伙计，世界越来越小，越来越没去处

生命来去匆匆，人生是完完全全的自费旅行

遥远的天堂气死了我们智慧的眼睛

气走了一代代的人和一季又一季的草！

我是一年三熟的儿童

伙计，我是这个宇宙的穷亲戚
呵，我是深水中一条反目的鱼
伙计，海是咸的世界是猿人吐过来的口水！

伙计，我们成了文明的替罪羊
在劫难逃的接力棒！
我们是日历上此伏彼起的咩咩
伙计，所有的语种都是咩咩
但我是带着暗号潜伏下来的猿
语言不是把柄，我才是

我是一只弄脏了天空的鸟
是云的缺点
我被天空说出来
伙计，天上什么也没有啊，神仙们搬了家
我成了在这个社会混下去的零花钱
我是我自己活下去的假车票
伙计，我是雨水的字，被行云说下来
天气把我当成怪话，说给了你的屋顶
我是浪迹江湖的字，从内部握紧了文章
又被厉害的语法包围在社会上

我是一个叛变的字，出卖了文章中的同伙

我是一个好样的字，打击了写作

我是人的俘虏，要么死在人中，要么逃掉

我是一朵好样的花，袭击了大个儿植物

我是一只好汉鸟，勇敢地射击了古老的天空

我是一条不紧不慢的路，去捅远方的老底

我是疾驰的流星，去粉碎你远方的瞳孔

伙计，我是一颗心，彻底粉碎了爱，也粉碎了恨

也收了自己的命

伙计，我是大地的凸部，被飘来飘去的空气视为笑柄

又被自己捏在手中，并且交了差

伙计，人群是被开除的神仙！

我是人群的零头！

饮酒致敖歌

饮酒时看到

那条小路白而又远

沿途的村庄今天都在等你

现在我已醉了

我要把路关在门外

把毯子盖在头上

毯子白而且好远啊

我能够随便想起你来

人品端庄,从酒馆出来

标准发式,受过高等教育

在路口犹豫

前一段时间我和你回家

走的是同一条路

那路白而又远

在路口你拿不准去看朋友还是结婚

很多次醉酒都到此为止

我想不起你那次去了哪里

生　活

教语文的小赵现在差不多是该快活了
自从当上副主任,身材越发苗条
他去检查清洁,由于地面已被校长看过
他就看傍晚的天空出没出什么漏子
他走到河边,吐了一口三米长的闷气
一个木匠老远斜着眼看他,等着打招呼的机会
一个初中男生从他扶着树的腋下一闪就没了影

上个月,在三百米远的县政府里
文教局里的几个官儿数了一下上级文件的字数
就派人事股的副股长爬进档案柜
用尺子把小赵量成了中学的领导之一

如今他站在河边,一个合同工跑来

请示维修楼梯的问题。继而他抽烟
大学毕业他就被分来这儿站着
那时全校的女学生都隔着操场远远地爱他

河水飞快地流过,几个夏天就从他烟头上溜了
后来他上街见了该出嫁的女人
眼里就充满了毛遂自荐的恳求神情
他偶尔也认为生活中肯定有一个家伙
跟着他一起站着,一有机会就会离他而去

星期天

清晨,阳光之手将我从床上提起
穿衣镜死板的平面似乎
残留着娘儿们眼光射击的弹洞
扫帚正在门外庭院的地面上急促呼吸
我把身子弄进该死的紧身衣
朝庭院走去,而庭院
正像一个呵欠把娘儿们击出后门
她和她的菜篮一起

小猫小狗正从它们的小屋出来
用足力气伸懒腰,身子骨咔嚓直响
像平时一样,它们用打滚回味坚硬的生活
一只老鼠从更小的门里
抽空出来呼吸新鲜空气

用古怪的眼光瞧我一眼
它平时有些行色匆忙

我想起去年
一个朋友来这里伸了一个懒腰
不小心胸脯当场给裂了一道口子
而那时门外是一条通往大街的小路
一只水桶和它的老婆——另一只水桶
在担水者肩上怪叫着爱情一闪而过
而这一切也很快
像老鼠返身溜回传说般的洞穴

几何老师

他双手插入兜中开始散步

河流加快步子如一群胆怯的学生

从他身边溜过,他好像刚走完

一条两年长的河堤,回首那头

一个光头少年正大步走远

他把双手取出的情况常发生在讲台边

因为一支粉笔靠着一把巨大的三角尺

在黑板上奔跑,拖着他的全部生活

他的背影像一个勤奋的裁缝

钟声把他的姿势从黑板上敲下来

新的情况就在别处发生,他又把双手插入兜中

飞快地走过通道,一位女教师因为

并不急着去下一班级上课,便用年轻的眼光

蘸着红墨水在他脸上批改作业

他双手插入兜里出现在河边
四下里的学生便如数字符号见了黑板擦
瞬间没了影,一个面粉工人飞快溜出来
向河里撒尿,一边对他眨眼
然后顺抛物线哼着情歌
他背过工人朝一边走去,多数时候
他也想大声把想象中的自己唱出来

高尔基经过吉依别克镇

阿列克塞·马克西莫维奇快活地
出现在街头,托主的福
道路已干透,他双脚抽风似的
想朝前走

时间还早得像荷马时代
他理了理旧得发光的外套
一只不知什么时候跟着他的狗失望地看他一眼
朝小巷走去,摇晃着空虚的身子

镇上的人们都还在屋里狠劲地做梦
那些房屋穷得歪斜,他用手指梳了一下头发
在莫斯科一张地图上他看到这儿有教堂和磨坊
便打这儿经过

昨晚他去找妓女玩
他把一个醉酒的妓女从泥塘里捞上干草堆
却想起了母亲，他的胃一阵难受
那时俄罗斯大地上连石头都有胃病
沙皇坐在王位上靠发脾气过日子

早在一年前，他离开轮船干上了流浪
他的胃对着每一个村庄蠕动，在身体强壮的那些日子
他勾引过漂亮姑娘，在伏尔加河的一个码头上
他把一个林务官的女儿死死按在沾满夜露的草袋上
像个异教徒。那些日子，他心里明白
我主慈悲，准许他进入世上所有房屋和女人

现在他走过吉依别克的教堂，打从昨夜
他拿定了主意干上帝干的事情，他要创造出
很多深陷的眼睛和饿得直哆嗦的房屋
用自己的胃病去写。他想他的血流得和普希金不一样
便朝下一个黑得像老巫婆的小镇走去了
那时的太阳像他父亲去世那年在天空
透出一张霍乱病人的脸

司马迁轶事

他斜瞟一眼走过身边的女人
嘿嘿傻笑,然后舔一下胡子
两年前,把一脑子花里胡哨的想法写进了书里
现在该写写娘儿们,在上林街上他做了一个很深刻的手势

他的老婆,过门的第一年替他端碗端茶
第二年便把他从酒杯边端走了
而今,他每天下午在公主的额头上讲课
然后像一个中学教师那样背着手回家

他脑子里正构思《西施列传》
他对这丫头充满信心,相信她会主动到《史记》里来
可这时候,司马迁的工作和学习都很困难
政治常把他夹在《史记》里与汉武帝怒目相对

金色的旅途

他曾辞掉史官兼教师的职务去户外体验生活
他的坐骑迈开散文的步伐把他驮进各个朝代
他把自己蘸在毛笔尖上写得龙飞凤舞
他终于在砚盘里研磨出了西施的身影

但这时他已把自己混得骨瘦如柴
不得不让老婆给拖进宫廷再去混碗饭吃
岁月终于使他对他女人漠不关心
他满怀敬畏的心情不停地描写帝王
他把西施从稿子里抽出来,两千多年了
历史的烟雾常草书出他忧郁的背影

南方的日子

那时我站在南方,所谓南方
就是一棵树想跟另一棵树发生摩擦

朋友们眯缝着眼打河边走过
几棵树没动
我站在下午估摸着河流在远方
转弯的模样
准像一个穿灰衣的朋友在车站边绕过

我扶着一棵树而这树
正揣摩这会儿自己是不是一个人
是不是有着柳这样名儿的人

南方的树很多

但不能待在一块儿

因为它们有根

有根的东西就不容易去看朋友

以后黑夜来临我也似乎有了根

树枝举着月亮星星

我依靠我的影子和另一棵树在黑夜靠近

以后我们就常听到

人们在屋子里对我说

"什么风把你吹来了"

伫望者

大诗人已经从物质中分裂出来
掠过了城市的上空
诗歌已解决掉了本世纪的重大问题
徘徊在人民心中的每一个句子
已不再沉重

我感谢这些语言的先烈
他们在词汇中奋战
最后倒在意义的上面
我感谢每一个字
它们以难度和重量激励着一代代人
使女人越来越丰满
使抒情诗人们肌肉发达

我生逢诗人如毛的时代
文化把我们套在阳台上，给我们食物
我在上面读着荷马，读着金斯伯格
注视着每一次革命中的混乱场面
忍受着诗一次次从语言上死而复活

如今大诗人把我们带到了语言的边缘
然后飞身离去，语言就是这样
它通过大诗人抛弃我们
大师手一扬我们就失去了方向
大师的绳套一断
我们就在阳台上不知所之、不肯下来
我们已彻底失去了人味
正一天天变态

行 人

十月依旧推动着天空
把白天和梦幻、欲望和符号匆匆混淆
在秋与冬的缝隙,我只看到了人群中的一道眼光
如一首歌,在水与冰之间轻轻衔接

我站在阴影之中
站在语言约定的意义之内
在这个万物交接的镜子里调息和默想
在此与彼或是与不是之间伸出手轻轻把握

这是事物混淆得悲壮的季节
死去的语言仍在表达盛大的生命
新的东西,哲学、处女和简化字
又在另一面涌现

这就是十月

在雨水的一生将被雪花重新描述之前

当高大的城墙把最后的阳光慢慢放下之后

我将上路去学习、考察沿途的城市

在形式轻轻取消内容的夜晚

当我说出最优美的语言

而又不表达任何意思的时候

成年人

夕阳已落下了平原
幽香的气味中慢慢探出了黄昏的灯光
在街头和树下
窗户关上之后还眨着城市忧伤的眼
灯,在职业和语气的背后犹豫地亮着
灯匆匆涂改着一天来社会最让人厌烦的表情
涂着枯燥生活的口红
我在音乐中走来走去
或在一个不良少年的年龄上伫立
在远离小提琴的房间,被琴弓拉得很小

这个时候,刚成年的人们选好了他们的信条
等着老年时再匆匆丧失,他们从楼梯口下来
或者从一种思维上走下来

三个一群五个一伙哼着一些没有信仰的歌

这个黄昏不断涌现出社会多余的部位
它们别无他求，脚放在地板上
肩从远处滑过来，靠在一些姓名上聆听
等待思想或者激情将它们再次蛊惑
人们东张西望而又轻轻地把握住一种节奏
使我很紧张，无法挺直自己的腰
生活方式无法纤细，天已经很黑
我从我的皮肤上摸索着下来
向灯光处轻轻划去
我看见城市在灯光中时隐时现
我想起我是一颗灯，亮了五年
突然想黑一个
我花了五年时间朝照片上摸去
我想我真是瞎了狗眼
上面只有一艘船在星光下行驶

如果我说的是你的故事
那会使人想起是俄国，我喜欢那个地方
雪花轻轻刺激着伏尔加河下游的妇女

酒店里，一个青年的所有成就正随着唱片呜咽

青春在纹路上纠缠着一生

我说的是另一个人

那在春天长出了名字的人

那在春天长出了性格的人

那长出了四肢的一种动作

长出了一头牛，那脾气

我说的是那对角上长着一头牛

春天，在牧场

她的手势长出了一个女孩

她的脸长长地拉过了河，四月的河滩

我在一朵草帽下圆梦

我从一个声音中伸出了手

来，涉过来你就是一朵花

花打开她的裙裾让文字落满纸张

让黑夜出现在香气中

让五十个歌星被淹没在同一首歌里

而这首歌一经唱出便又回到了无声中

这个夜晚很坏。

这个夜晚有一个诗人使每一座房屋孤独

当酒店的酒劲升起来迎接最后一批酒徒

灯下意识地亮着

你身后的镜子已经忘记了反光

你说说你干吗要爱呢？一个酒徒问另一个

并看着最后一扇亮着灯光的窗户

窗内，打字员敲打着纸张的大门

她迟疑的手指

伸进了陌生的彼岸

她围着厚厚的围巾

山上一片白雪

而我却在另一个深夜

在一个预感的后面缓缓前行

在一个酒吧的外面，在一个故事的开端

我拉紧了衣领

给女朋友的一封信

若干年后你要找到全世界最破的

一家酒馆才能找到我

有史以来最黑的一个夜晚你要用脚踹

才能发现我

不要用手摸,因为我不能伸出手来

我的手在知识界已经弄断了

我会向你递出细微的呻吟

现在我正走在去诺贝尔领奖台的半路上

或者我根本不去任何领奖台

我到底去哪儿你管不着

我自己也管不着

我现在只是很累,越累就越想你

可我不知你在哪儿,你叫什么名字

你最好没有名字

别人才不会把你叫去

我也不会叫你，叫人的名字没意思

在心中想想倒还可以

我倒下当然不可能倒在你身边

我不想让你瞧不起我

我要在很远的地方倒下才做出生了大病的样子

我漫无目的地流浪其实有一个目的——

我想用几条路来拥抱你

这比读一首情诗自然

比结婚轻松得多

别现在就出来找我

你会迷路走到其他男人家中

世界上的男人有些地方很像我

他们可以冒充我甚至可以做出比我更像我的样子

这很容易使心地善良的女孩上当

你完全可以等几年再来找我

你别着急,尽量别摔坏身子

别把脚碰流血了,这东西对活着的人很有用处

我会等你

地球也会停下来等你

好姑娘

你是一个好姑娘
很多小伙子遇见你之后都很有出息
没出息的也全成了地下诗人
油印了很多怀念你的好诗
而我这辈子恐怕来不及为你设计几个韵脚

我能抽出时间爱你
已经不简单,你想想
我有那么多的觉没睡
那么多的仇人没干掉,我有时想
因为你,就让他们留着吧
也让他们多几天时间去爱另外的姑娘

我没工夫去爱另外的姑娘,只是偶尔右手写诗时

伸出左手去摸她们的头跟她们玩一下
这是我的体育运动
我现在身体很糟思维开始迟钝
恐怕对付不了某些仇人
理解了这点你会点头的

我什么时候抽空来跟你结婚
这事目前定不下来，这辈子恐怕也定不下来
暂时嫁人吧想想你妈妈和你爸爸他俩怎么样
你妈妈当初一定也是一个好姑娘

一个真正的好姑娘当然可以去跟别人生孩子
小孩子挺让人喜欢，不管什么样男人的后代
他们长大后想必不会与我为仇，哪怕我死去了
他们也肯定不会说我半句以上的坏话
你的那些朋友肯定也是好姑娘，别让她们
把你结婚的坏消息透露给我

有时一片纷飞的树叶就能欺骗我
而我自己内心的想法更能欺骗我，使我
在绵绵长恨的微小间隙也抬起头来
感到幸福

毕业分配

所有的东西都在夏天

被毕业分配了

哥们儿都把女朋友留在低年级

留在宽大的教室里读死书,读她们自个儿的死信

但是我会主动和你联系,会在信中

向你谈及我的新生活、新环境及有趣的邻居

会准时向你报告我的毛病已有所好转的喜讯

逢年过节

我还会给你寄上一颗狗牙齿做的假钻石

寄出山羊皮、涪陵榨菜或什么别的土特产

如果你想起了我

就在上古汉语课的时候写封痛苦的情书

但鉴于我不爱回信的习惯

你就干脆抽空把你自己寄来

我会把你当一个凯旋的将军来迎接

我会请摄影记者来车站追拍我们历史性的会晤

我绝对不会躲着不见你

不会借故值班溜之大吉

不会向上级要求去很远的下属单位出差什么的

我要把你紧紧搂在怀里

粗声大气地痛哭，掉下大滴的眼泪在你脸上

直到你呼吸发生困难

我会逢人就大声宣布：

"瞧，我的未婚妻！这是我的老婆呢！"

你不要看到我的衣着打扮就大为吃惊

不要过久地打量我粗黑的面容和身上的狐皮背心

要尊重我帽子上的野鸡毛

不要看到我就去联想生物实验楼上的那些标本

不要闻不惯我身上的荷尔蒙味

至少不要表露出来使我大为伤感

走进我的毡房

不要撇嘴，不要捂着你那翘鼻子
不要扯下壁上的貂皮换上世界名画什么的
如果你质问我为什么不回信
我会骄傲地回答：写字那玩意
此地一点也不时兴！

你不必为我的处境搞些喟然长叹、潸然泪下之类的仪式
见了骑毛驴的酋长、族长或别的什么人
更不能怒气冲冲上前质问
不要认为是他们在迫害我
把我变成了猩猩、豪猪或其他野生动物
他们是最正直的人
是我的好兄弟！

如果你感兴趣
我会教你骑马、摔跤，教你在绝壁上攀岩
教你如何把猎枪刺在树上射击
教你喝生水吃生肉
再教你跳摆手舞或唱哈达什么的

你和我结婚

我会高兴得死去活来

我们会迅速生下一大打小狗子、小柱子

这些威武的小家伙

一下地就能穿上马靴和貂皮裤衩

成天骑着马东游西荡

他们的足迹会遍布塞外遍布世界各地

待最后一个小混蛋长大成人

我就亲自挂帅远征

并封你为压寨夫人

我们将骑着膘肥体壮的害群之马

去很远很远的地方戍边

硬汉们

我们仍在看着太阳
我们仍在看着月亮
兴奋于这对冒号!
我们仍在痛打白天袭击黑夜
我们这些不安的瓶装烧酒
这群狂奔的高脚杯!
我们本来就是
腰间挂着诗篇的豪猪!

我们曾九死一生地
走出了大江东去西江月
走出中文系,用头
用牙齿走进了生活的天井,用头
用气功撞开了爱情的大门

我们曾用屈原，用骈文、散文

用玫瑰、十四行诗向女人劈头盖脸扔去

用不明飞行物向她们进攻

朝她们头上砸下一两个校长、教授

砸下威胁砸下山盟海誓

强迫她们掏出藏得死死的爱情

我们终于骄傲地自动退学

把爸爸妈妈朝该死的课本上砸去

用悲愤消灭悲愤

用厮混超脱厮混

在白天骄傲地做人之后

便走进电影院

让银幕反过来看我们

在生活中是什么角色是什么角色

我们都是教师

我们可能把语文教成数学

我们都是猎人

而被狼围猎

我们会朝自己开枪

成为一条悲壮的狼

我们都是男人

我们知道生活不过就是绿棋和红棋的冲杀

生活就是太阳和月亮

就是黑人、白人和黄种人

就是矛和盾

就是女人和男人

历史就是一块抹桌布

要擦掉棋盘上的输赢

历史就是花猫和白猫

到了晚上都是黑猫

爱情就是骗局是麻烦是陷阱

我们知道我们比书本聪明,可我们

是那么地容易

被我们自己的名字亵渎、被女人遗忘在梦中

我们仅仅是生活的雇佣兵

是爱情的贫农

我们常常成为自己的情敌

我们不可靠不深沉

我们危险

我们黑质而白章,触草木尽死

我们是不明飞行物

是一封来历不明的情书

一首自己写的打油诗

我们每时每刻都把自己

想象成漂亮女人的丈夫

自认为是她们的初恋情人

是自己所在单位的领导

我们尤其相信自己就是最大的诗人

相信女朋友是被飞碟抓去的

而不是别的原因离开了我

相信原子弹掉在头上可能打起一个大包

事情就是如此

让我们走吧,伙计们!

中文系

中文系是一条撒满钓饵的大河
浅滩边,一个教授和一群讲师正在撒网
网住的鱼儿
上岸就当助教,然后
当屈原的秘书,当李白的随从
当儿童们的故事大王,然后,再去撒网

有时,一个树桩般的老太婆
来到河埠头——鲁迅的洗手处
搅起些早已沉滞的肥皂泡
让孩子们吃下。一个老头
在讲桌上爆炒野草的时候
放些失效的味精
这些要吃透《野草》的人

把鲁迅存进银行,吃他的利息

在河的上游,孔子仍在垂钓
一些教授用成绺的胡须当钓线
以孔子的名义放排钩钓无数的人
当钟声敲响教室的阶梯
阶梯和窗格荡起夕阳的水波
一尾戴眼镜的小鱼还在独自咬钩

当一个大诗人率领一伙小诗人在古代写诗
写王维写过的那些石头
一些蠢鲫鱼或一条傻白鲢
就可能在期末鱼汛的尾声
挨一记考试的耳光飞跌出门外

老师说过要做伟人
就得吃伟人的剩饭背诵伟人的咳嗽
亚伟想做伟人
想和古代的伟人一起干
他每天咳着各种各样的声音从图书馆
回到寝室

金色的旅途

一年级的学生，那些

小金鱼小鲫鱼还不太到图书馆

及茶馆酒楼去吃细菌，常停泊在教室或

老乡的身边，有时在黑桃 Q 的桌下①

快活地穿梭

诗人胡玉是个老油子

就是溜冰不太在行，于是

常常踏着自己的长发溜进

女生密集的场所用鳃

唱一首关于晚风吹了澎湖湾的歌②

更多的时间是和亚伟

在酒馆的石缝里吐各种气泡

二十四岁的敖歌已经

二十四年都没写诗了

可他本身就是一首诗

常在五公尺外爱一个姑娘

―――――――

① 一种叫作"拱猪"的扑克牌游戏，黑桃 Q 是倒霉的一张牌。
② 当时一首叫作《外婆的澎湖湾》的台湾流行歌曲。

节假日发半价电报

由于没记住韩愈是中国人还是苏联人

敖歌悲壮地降下了一年级,他想外逃

但他害怕爬上香港的海滩会立即

被警察抓去考古汉语

万夏每天起床后的问题是

继续吃饭还是永远不再吃了

和女朋友卖完旧衣服后

脑袋常吱吱地发出喝酒的信号

他的水龙头身材里拍击着

黄河愤怒的波涛,拐弯处挂着

寻人启事和他的画夹

大伙的拜把兄弟小绵阳

花一个月读完半页书后去食堂

打饭也打炊哥

最后他却被蒋学模主编的那枚深水炸弹①

击出浅水区

---

① 蒋学模,大学教材《政治经济学》的编者。

现已不知饿死在哪个遥远的车站

中文系就是这么的
学生们白天朝拜古人和王力和黑板①
晚上就朝拜银幕或很容易地
就到街上去风求凰兮
这显示了中文系自食其力的能力
亚伟在露水上爱过的那医专
的桃金娘被历史系的瘦猴赊去了很久
最后也还回来了亚伟
是进攻医专的元勋他拒绝谈判
医专的姑娘就有被全歼的可能
医专就有光荣地成为中文系的夫人学校的可能

诗人杨洋老是打算
和刚认识的姑娘结婚，老是
以鲨鱼的面孔游上赌饭票的牌桌
这根恶棍认识四个食堂的炊哥
却连写作课的老师至今还不认得
他曾精辟地认为纺织厂

---

① 王力，大学教材《古代汉语》主编。

就是电影院就是美味的火锅

火锅就是医专就是知识

知识就是书本就是女人

女人就是考试

每个男人可要及格啦

中文系就这样流着

教授们在讲义上喃喃游动

学生们找到了关键的字

就在外面画上漩涡

画上教授们可能设置的陷阱

把教授们嘀嘀咕咕吐出的气泡

在林荫道上吹到期末

教授们也骑上自己的气泡

朝下漂像手执丈八蛇矛的

辫子将军在河上巡逻①

河那边他说"之"河这边说"乎"

遇着情况教授警惕地问口令:"者"

---

① 辛亥革命后,大多数中国人剪掉了脑后的辫子,但军阀张勋的军队却仍蓄着辫子,并发动了一场恢复帝制的政变。民间传说张勋是三国名将张飞的后代,像张飞一样手执一支丈八蛇矛。

金色的旅途

学生在暗处答道:"也"

根据校规领导命令

学生思想自由

在大小集会上不得胡说八道

校规规定教授要鼓励学生创新

成果可在酒馆里对女服务员汇报

不得污染期终卷面

中文系也学外国文学

重点学鲍狄埃学高尔基,有天晚上

厕所里奔出一神色慌张的讲师

他大声喊:同学们

快撤,里面有现代派

中文系在古战场上流过

在怀抱贞洁的教授和意境深远的月亮

下边流过,河岸上奔跑着烈女

那些石洞里坐满了忠于杜甫的寡妇

和三姨太,坐满了秀才进士们的小妾

中文系从马致远的古道旁流过

以后置宾语的身份

被把字句提到生活的前面①

中文系如今是流上茅盾巴金们的讲台了

中文系有时在梦中流过,缓缓地

像亚伟撒在干土上的小便像可怜的流浪着的

小绵阳身后那消逝而又起伏的脚印,它的波浪,

正随毕业时的被盖卷一叠叠地远去

---

① 把字句:现代汉语语法术语,上一句的"后置宾语"亦是。

金色的旅途

苏东坡和他的朋友们

古人宽大的衣袖里
藏着纸、笔和他们的手
他们咳嗽
和七律一样整齐

他们鞠躬
有时著书立说,或者
在江上向后人推出排比句
他们随时都有打拱的可能

古人老是回忆更古的人
常常动手写历史
因为毛笔太软
而不能入木三分

他们就用衣袖捂着嘴笑自己

这些古人很少谈恋爱

娶个叫老婆的东西就行了

爱情从不发生三国鼎立的不幸事件

多数时候去看看山

看看遥远的天

坐一叶扁舟去看短暂的人生

他们这些骑着马

在古代彷徨的知识分子

偶尔也把笔扛到皇帝面前去玩

提成千韵脚的意见

有时被采纳了，天下太平

多数时候成了右派的光荣先驱

这些乘坐毛笔大字兜风的学者

这些看风水的老手

提着赋去赤壁把酒

挽着比、兴在杨柳岸徘徊

喝酒或不喝酒时

都容易想到沦陷的边塞

他们慷慨悲歌

唉,这些进士们喝了酒

便开始写诗

他们的长衫也像毛笔

从人生之旅上缓缓涂过

朝廷里他们硬撑着瘦弱的身子骨做人

偶尔也当当县令

多数时候被贬到遥远的地方

写些伤感的宋词

记事与讲述

成都东郊抒情

秋日的成都有人间最恰当的温差
沙河沿岸的芙蓉都在寻找自己的高度
东郊音乐公园,朋友的电影公司
正在将一个拳击手的岁月剪辑成上座率

投资人杨孜的窗外
芙蓉花正在调整色差
仿佛一些抖音号翻晒着各种样式的女友

杨孜的窗外是市场,是院线,是各地的经理
经理们的手机屏幕上
期货还在嘚瑟,A股还在寻底
只有一双丹凤眼,在高德地图上寻找着人民食堂
一会儿有人要拉我们去那儿

用烈酒寻找时间的深度

秋日的成都，时间也上传着季节的抖音
北方的风正轻轻地在霜冻里响起足音
光阴的快递员正悄悄来到成都平原
它要在秋风吹破诗意的那一天
给不想开花又要折腾的一些树枝
送去一朵一朵冷酷的蜡梅

散户记事·1990

赚钱的人,走在朋友的前面
那些看不见的钱,数不清的钱
那些很大的钱
走在朋友的朋友前面

那一年,政府来到哲学中
钱爬进账号里
长江来到吴淞口
一个看不清长相的美女来到信中

那一年,我是没有身份证的那个人
是没去上交所排队的那个人
一直是没有持仓和出货的那个人

后来，小钱开始装大钱，大钱装项目

中国的诗人们，名字前面也加上了著名二字

是啊，不这样，社会怎么看

人民怎么看，

歌厅的小姐们怎么看？

后来，电脑里没几只自选股，没几只小盘股

相当于诗人没有诗歌作品

现在，我已经是一些股票的小股东

把亏钱当成副业

是的，我是A股的散户，免贵姓李

昨天我打开账户，看见一片绿色的森林

里面有蟋蟀在唱歌

注：1990年12月19日上海证券交易所在浦东新区开张营业。

新月勾住了寂寞的北窗

我飞得更高,超过了自己的无知,
看见几只秋后的蚂蚱住在圆月里对着岁月不住地哼哼

我知道三文鱼还在深海里等我,等到夏夜
外星人侧着倜傥的身影写完最孤独的绝句
戴着头盔,压低了呻吟声,去嘀嗒着的蓝宝石里喝酒
海面飘来的新月就勾住我寂寞的北窗照个不停
直照到雷州半岛前一只海马停下来读我手抄的诗

水生物们用隔世之音朗读李哥的格言,海南岛也听到了,寂
　　寞然后羞红了脸
我想起多年前的地球上,有一个地方叫北京城
我在城北东游西荡像减肥药推销员,我像是东北来的郭哥
我在一群业余政客们中间闻到了楼梯间寂寞的黑眼睛的香气,

我毫不在意社会上偶尔露头的平胸粉黛

我在意的是爱?是钱?是酒?告诉我呵

在人间盖楼的四川亲兄弟民工,人生到底是在哪条路上颠沛
　　流离?

无形光阴的书页

海螺把天空吹弯,渔民们也弯着风流的身子划向来世
我却看见毒水母在月下打开自己透明的窗户要和我结婚
我已江郎才尽,灌着黄汤,站在海边等着花下之死

要是有一个贝类中的思妇在贝壳中关起门来
一颗一颗细数自己的乳头,并且数出了香气
迟早有一天她会被自己的味道从寂寞中弄醒,侧着头
用下弦月的梳子把痛心的事情一遍一遍从过去梳回吴淞

我知道,连蛏子和海星都不会明白海底之梦是因为诗人的无
　限寂寞
花甲、海胆、珊瑚虫和海带仍静静地生活在海底
多少岁月流过啊
我正在寂寞的书页上写下下流的神来之笔

时光的歌榭

我是歹徒,在鸟里当乌鸦,住在喜马拉雅山的羽毛里
我看得见百年前爷爷骑着赤兔马嗒嗒嗒在人间碰运气
我看得见一群兄弟还生活在地球仪上,和动荡的社会待在
　一起

每当深夜,大眼蝙蝠吊在岁月的窗户上吱吱吱想死的时候
一个兄弟手中的玫瑰就会带来夜深酒吧中的啼哭
嗨!中国的玫瑰之红正在超越一场革命所达到的程度

在初夏之夜,河豚在南方出海口的水面咯咯咯说话
我还听得见在天上,圆月中祖母哄我玩的声音
月亮无耻地照着我的童年,使我脸红
她的秀目也曾照着古代的塔楼,我从那儿悄悄起飞去当一
　只鸟

花和村庄也正在某个社会分开,花向远方出发后就成了师范
　女生
被我爷爷在时光中搂着漂进了神话

我爷爷是玫瑰花丛中狂饮滥写的过客
他斜着身子在人世外当差和度假,在孤坟的小窗前写回忆录
他的那些拜把兄弟也在歌榭里搂着后辈烧去的纸扎的小姐唱
　着永不回头的光阴

如今我降落在现世报的文化里,像个青年教师在午休时踱步
在爱与恨的距离中作着大案,夜间飞回最高的山峰
在月色中扣动生与死的邈远门扉,让兄弟们俯身酒碗时也能
　听见
月亮在它的圆圈里发出的空空的响声

我在双鱼座上给你写信

我在双鱼座上给你写信

从天上一笔一笔往下写,我是天上的人

我看见平原上走过一条很短的命

在被寂寞刻破的北方的平原上

蟋蟀正无休止地拨着情人的手机

初夏午后的天边

蟋蟀在遥远的世界挖掘
挖土里藏得最深的美女
月亮的空壳被扔在午后的天边

有人在北方无休止地翻晒腾格里沙漠
有个声音在城里说:"活着没意思,不如去喝酒"
他是我的客户,男人堆里的渣滓,女人堆里的王子
一条很短的命,在歌厅里痛快不已

如今东南季风徐徐而来
一份无边的传真
正把印度洋的雨季传往长江以北
在河南,河虾在水草间吃昨夜的星星
吃完后从大地上翻出了天外

汽修厂纪事

修理厂停着一辆老式尼桑,像一个业务员正在午睡
旁边散着几个零件
高速路从丘陵中飘过,又在远处穿越乱世

一辆宝马跑车从眼泪和李玟的歌声中冲出,转眼间
山西来的修理工就看见一个美女坐在一只牛蛙里匆匆驶远
像是去追赶整整一打部门女主管们的绝对初恋

一个经理要驾走刚修好的帕萨特驶往机场——
一小时后,将要从飞机里跳下来三个旅游的傻瓜哥们儿
车载收音机闪着工作灯却非常肃静
像是集成线路的终点有两个穿深色西装的干部在值班
墙角,旧式电视机里,一条牛仔裤正在恋爱
做摇滚歌曲里那种令人发笑的爱

2001年孟春的一个中午,时光的印刷机突然大胆地开机
将春天、水果、绿树一色一色地印往京城的方向
高速路从门前呼呼穿过,然后在远方归于不可靠的沉默
仿佛空间在看不见的地方突然进入了终极问题
有人在时间的核心处找到了最后答案,突然又响起了手机的
  声音

茶山抒情

在布朗山,在班章村
在班章村之巅的三垛山
老茶农走出初制所
看见了低飞的燕子

心中的甘甜味道正从天上飘下来
在乱云中发芽,在迷雾中开花
在细雨中飞远
在人间经过

云中的夏花,雾中的秋叶
是传说中最绚烂的生、最静美的死
而眼前的秋叶却在山头修炼
在初制所得道

在山外美人们手中升仙

云雾中,一切都是我
我又什么都不是
一切远在天边,一切近在眼前
看不着很大的世界
也不用看很小的命运
更晓不得我是哪一位茶农

但一片茶叶看得见另一片茶叶
它们是云雾中的注视
是停在树上的眺望
它们是会飞的眼睛
是天晴后会飞走的眼睛

酒醉心明白
——给二毛的绕口令

二毛是诗人的厨子
诗人是历史的下酒菜

历史是政治的酒水单
政治是人民的酒劲儿

人民是诗歌的厨子
诗歌是文化的味蕾

文化是社会的酒局
社会是民族的账单

民族是人类的餐馆
人类是大地的客人

大地是宇宙的酒吧

宇宙是生命的酒器

生命是黑夜的酒宴

酒宴是诗歌的窗帘

诗歌是酒徒的菜肴

酒徒是二毛的兄弟

二毛是厨子的样品

厨子是人民的亲戚

牛逼的厨子在生命的路边店烹饪

看见天地间的酒徒一个个远行

而没有一个他认识的亲戚原路返回

野史之一
——春日来客

隋朝末年的一个下午，山西潞州二贤庄

庄主单雄信骑马出门去东庄办事

窦建德送至门口，站在草棚下打望

他看见一头牛游水过河

远处，一个肩挎干粮、草帽短衣的大汉正向他走来

单家的护院黄狗认为来者不善

远远迎上去对客人乱咬

大汉侧身让过，伸手握住狗腿

将黄狗轻轻挥起，扔进了河中

窦建德知道，来人是同乡，名叫孙安祖

早年偷羊被抓，在县衙过堂时不喜欢过堂的方式

就在堂上当众杀了县令扬长而去

此番他远道而来,一路打听二贤庄
必定是要寻找他窦建德、拜会单雄信

孙安祖见面就摊开了他的一些想法
他说,历史上最荼毒天下的
先是土木之工,然后是官府的贪苛
这些年也是如此,穷弱者忍气吞声
富足的,也常遇各种借题逼诈
有钱的四处寻找桃源偷乐,寻肥问瘦
有勇的就地隐居市井混日,吃香喝辣
有谋的假装淡泊,看茶问酒
他说,人人都懂美食,人人都是玩家
恍若世上从此以后就是这番光景

那一刻,河水缓慢,鸟声清脆
窦建德也恍然忘记了心中的名利
在桃红柳绿的景色中,他告诉来客:
这里便是二贤庄,然后手指远处说
那骑马过来的,便是单二员外了

野史之二
——远眺埃及

游历第一波斯帝国的某一天

希腊史学家希罗多德远眺埃及

他看见打从法老美尼斯

改变了北部尼罗河的流向

一卷神奇的人间故事就已经在大地上出现

但是,在美尼斯之后,在金字塔之前

埃及大地上前后生活过300多位国王,在底比斯

希罗多德亲眼看见了341尊古代统治者的雕像

这个底比斯是古埃及的底比斯

被诗人荷马称为百门之都的老底比斯

也就是当今埃及的卢克索,当时

希罗多德还看见祭司们对着每一尊雕像说了一些话

在卢克索2500年前的圣殿里
大祭司告诉希罗多德，这300多尊雕像
鸟瞰着埃及，时间共有1134万年之长。
当然，那会儿神已经变成人形住在地上了

希罗多德不知道的是，他离开后的第五百年
埃及圣殿里的抄写员大祭司曼涅托
便在他的书中不厌其烦地罗列了埃及史前
各位国王的名字和他们统治的年代

今天算来，那个年代属于史前
不过，现在我们都不在乎那时的神和人了
没有考古证实，不符合我们现在的认知体系
就像在东方，农历里面还勉强记载的一些物事
已经被公认为神话

希罗多德明白，他的记载
就像我们把明天装进另一个容器里
把它放在一个遥远的空间
那里存放我们不能接近的问题
和我们迟早有一天最想要的神奇答案

记事与讲述

如今,我们见多识广,
精进而又务实,好玩的也多得玩不过来
为了省事,天堂我们可以把它叫成宇宙
希罗多德想必不得不同意
阿波罗的战车,如果我们不愿意多想
也可以统一翻译成飞碟
希罗多德想必也无话可说

题李青萍油画《富士山》

看不见人在水边，看不见人在山前
但是，水就在人身边
山也在人眼前

在富士山下
想起了见过的金枪鱼背
见过的金枪鱼腹

在马来亚，也曾有人喜欢过
海胆、鳗鱼和单面煎蛋的舒服组合

水边的人，山前的人
和这些自然界之美的食物
这些原生态美味

构成了画面之外的延伸风景
距离很远,也很恰当

画中肯定有一些琐碎的尘世中的脚印
从淡到浓,从清新到厚重
隐匿了人的一生
人的一生只有颜色
但人的一生绝不是因为只有颜色

那么,是什么搅乱了颜色的变化
难道是色彩的等级?
难道是线条中的阶层?

其实,画富士山
需要的只是米饭的温度
需要那种足以让米饭变成寿司的
不是你想要就有的那种冷热
需要的只是人的体温
不是某个阶级的冷热
不是某个孤独的人的体温
需要的只是人类的体温

不必再往前追述了

这个作品也可以回到马来亚

一座和人生无关的山

看上去只有一个季节的颜色

而颜色里一直有着太多的辛辣

一座和人生无关的山

可以被画到极致

可以幻化出无穷层次的组合

可以有非常激烈的沉沦感

却没有一个小小的暗示

去暗示颜色的淡与浓或生与死之间的差别

那是因为,你如果明白了人生

就不想打扰一座山的整体感

红色岁月

第一首

这片陆地是人类远行的巨大的鳍

上面是桅杆、旌幡和不可动摇的原则

望远镜在距离中看到了首领和哲学带来的问题

它倒向内心,察看疾苦和新生事物的来意

我的美德和心病也被火星上的桃花眼所窥破

火星是一只注视和被注视的眼睛

它站得高,看得远,也被更远的蓍草所看见①

犹如远航归来的船,水手和人群中的一双眼睛互相发现

我唯一看不清楚的是死,是革命前的文字

罗盘已集体赠给了鲸鱼,如同把国家赠给了海军

---

① 蓍草:用以卜占吉凶祸福的草。

我说的不是一个岛国，在大战中向游牧民族发射可乐、服装
    和避孕药
我说的是雷达向基地发射回来的是怨恨和回忆
我不说一段历史，因为那段历史有错误
因为罗盘被冲上海滩的鲸鱼捎给了欧洲，供一个内陆国制造
    钟表

因为一头大鱼带头把它的鳃又赠给了路过的航天飞机
因为历史只是时间而已，是政变和发财
我说的是殖民需要空间和哲学，需要科技和情人的信息
所以我说的是无线电、载波和卫星
它向基地发射回来的是偈语和谶纬
上升到哲学，就足以占领一代人的头脑

第二首

这样,天边就可能出现红色,出现那日复一日的黎明

红色和才华过早到来,形成一些人的早慧

引起了一个国家的动荡,我们早熟、早恋又经常碰到处女

如此现象惊醒了一个诗人的布局

它以抒情的笔调开头,以恶习煞尾恶习①

我一边劳动一边装处②,因为劳动是水果的一部分

另一部分是水分,因为鱼的一部分也是水

另一部分是打群架和处罚,因为我的知识也只是一部分

另一部分是无用的东西,因为我也属于无用的一部分

---

① 恶习:与天真、纯洁相对立,常用来评价有社会负面习气的青少年,是很多教师、家长、警察训诫恶少们的口头禅。
② 装处:装处女,比"装嫩"的程度更深。监狱里的犯人头殴打新犯,若新犯因惊恐而发出叫声,亦被称为"装处"。流氓之间常用此语,可理解为假装天真、无知。

红色岁月

那一部分也无用——我指的是相邻的集体和个人

他们分开是追求进步,聚在一起又要打一场群架

而群架也是战争的一部分,战争推动了群众的进步

但还是有与众不同的人,恶习深藏不露

那是大地上调皮的晚稻,在夏天顽固,到了深秋才答应做人民的粮食

他是集体的另一面,最终仍然属于集体

英雄也是人民的另一面,最终属于人民

因为人民只是战争的边缘,战争的核心部分属于平静

脱离了群众,因为那是政治

第三首

燕子在天边来回射箭

能够穿越春天而来的是瞳孔中的鸟儿，还有异乡的眺望
能够穿越游戏而到达学校的是童年
能够终生在纺织中穿梭的只有初恋的颜色！

一封长信打不开一个人的回忆，满山的水果打不开甜味
退役的士兵打不开贞洁，奏折和钟声也打不开皇帝的心！
如今纺织打不开最深的颜色，因为那是死恋
属于长头发、大眼睛和想不开的心！

但是贝壳打开了海，送别中驶出的帆船
曾经有回头的浪子，用来信打开了岁月
初恋中最浅的颜色，每年被小路修改一次
因为那是身高，属于故乡和年龄
树枝也打开了天空，燕尾美丽的剪刀正来回修剪

第四首

在梦中游泳犹如阅读或生病

一目十行或一病不起,那就是最浅的沙滩或至睿之时

在清浅的水面我能看见自己的品学

犹如一个女子,在镜中看见的竟是别人的妹妹

打开的桃花是一方透明的内心

镇守边疆的将士也是到了一种哲学的至境

马星①落在他们的子时上,马逢边寨

他们就终生游守在事物的顶端,放哨和侦察

他们是家庭和农业的核,推出去就是子弹

边境线的绷带把他们弹回来做父亲

---

① 马星:算命术语,谓人如果八字中有马星,则一生颠沛流离。镇守边疆的将士命中都有一颗以上的马星。

最终回到了事物的前沿，简单明了

我知道，尽管锋利的哨兵在梦边巡逻
稍不留神，新奇的事物和预兆仍将刺穿我的内心
流出痛苦而又温馨的汁液

第五首

我对情人的占有曾经属于武装割据
多年后我彻底地洗心和革面,转向和平

但生命的结果仍然是老问题的复辟或种子对种子的重演
我飞身下马强奸一个名词或在书中搂住一副细腰
纵马踏过生生死死的字词一路上还是拱手让出大好的河山

历史倒流带来更多的场合改变了我的品德
因此我的品德也是社会的回音
一夜豪赌我模仿了别人的输赢,挥霍尽皮肤和牙齿
仍然只能拖着刚到手的家当窜到北方去寻找马蹄来耕种
并且用膏药阅读士兵从伤口中寄来的书信

这一切的关键仍然是所有制问题

我飞身上马逃离内心,进入更加广阔的天地——
世界不是我的,也不是你的
但伟大的爱仍然藏着暴力,客气地表达了杀头和监禁

因为,生与死,来自历史上游的原始分配
万物均摊,而由各自的内心来承受

第六首

鹰在天空劈着粗野的马刀

洞箫吹出寒风，使兵书中的师兄更加缥缈
他肃杀的身世是连接现在和过去的轻轻一瞥
鹰滑翔，在水与云之间带出一条光阴的线索
仿佛把死与生分配给了秋天，使其平均，一样的美丽和冷酷

如同把弯曲分配给河流，把红色分配给内心
把平原分配给视野，把风分配给倾斜的箭

但是，是我看见箫声中的敌人
以及其中为收割生命而准备的足够的红色，因此鹰上升
如同塔楼中升起的风筝线靠近天边的初恋和故乡

但是,我还是看见了贝壳的咖啡馆中被海风吹拂的师弟
他们一直互为生死而又不能见面,因为他们本为一人
是故国的历史中游荡的最后一个强盗
他们已在学校里失踪,每年开学都不回来,因此鹰俯冲

一个叫文,一个叫武,他们只在诗和书中偶尔睁开双眼

第七首

偏安在贝壳中的朝代忘记了江湖

在棕榈下的沙滩上

在草帽中的睡梦里

蚂蚁的城堡敲响了遥远的钟声

正午阳光的金箭直接射中小小的京城

逐鹿中原的大道上那叫武的少年纵马北上

隐居在瞌睡里的贵族忘记了刀兵

在蚕茧里的岛屿上

在槐树上空的蓝天里

雁阵的中间吹响了悠长的号角

第八首

在劳动和斗争中摸底、摊牌,然后前进
这就成了你夫君,骑马跑在功名前面,远离了阶级
读书、生病和狂想
在玫瑰色的天边露出虎牙求见公主

走在你侧面的人,超过内心,鬼话也就超过文化
在社会上打滚,一个文化妖精,相当的假
半字半人,又像书法又像秀才
这是那骑马跑在你婚姻前面的情人,但思想落后
种瓜得瓜,种豆得豆,"假"字害了他终生

不读书的人,又不是大师
容易在商店里变成水果糖,甜起来的是歌星和事业
还能够从你的眼泪中流进电视连续剧

这也是你那骑马跑在初恋前面的情人

他是你扫盲班的老师，写的字比核桃大比约会小比心还黑

这个世界，文化多，道理多，所以隐士已经绝迹

符合你内心的人，那肯定不是我，但一定也很浑

他必须脱掉文盲的帽子而又不过分斯文

比如我，自渎又自强，压住了超阶级的酒量和爱一个女子的后劲

想去参加劳动，走上山下乡的路

第九首

我只有从种子中进入广阔的天地
我请求节气和风水,请求胡豆和草药把我介绍到农村
我请求一年中最好的太阳把我晒成农民的老大
我请求电话、火车、拖拉机把我送到公社
让最好的豌豆和萝卜给我引路
让最瘦最黑的二贵、铁锁、小狗子或别的小兄弟
把我领到队长的家里,接受他的再教育

我在南山上裸体种树,又在北山上披着棉袄牧羊
在二月里,我紧锁双眉注视解冻的河流流向城镇
流向探讨学问的人群和我的朋友们
我站在峭岸注视着春耕的实质和宽胸膛的原野
在播种的季节,我目空一切
没有文化也没有王法
只有满天的飞花、蝗虫和麦芒越过一生中最宽阔的地平线

第十首

我看见一个被学问做出来的美女在田间劳动
用轻巧的双手把未来纺织成公社
在里面学习、敬礼和散步
北方的油灯照见了哲学和战斗的场面
她用水库中的脸护守画报上的禾苗
用树边的嘴唇吻城里那个勤奋的青年

这曾经是我的爱人
她透过长长的乌发和泡沫看见了上山下乡的路

在流水边加入组织又从肥皂水中被清洗出来
这是谁的女人？在水果中是劳动
在劳动后比水果还甜
那时我使劲挖土，通过辛勤劳动占有了她

第十一首

我看见一个被汉字测出来的美女从偏旁上醒来

右手持剑左手采花

她用象形的一部分吟诗作赋

用会意的一部分兴风作浪

空前的美女！下加一竖是玫瑰

长在树上是妓女

摘下来是格言警句和一年中最好的收成

运回家是不会写的字，最后变成醒目的标语和口号

我只有把她加在表哥的旁边成为表妹

派她到世界各地去捉半字半人的怪物

但加上一封回信她又变成了夫人，所以

换其他偏旁她就是妖精，在深山老林中反对世界上的美

如同过去的隐士如今变成反英雄

城里便派出三个丑男人①去打她，打得她变来变去

最后躲在山洞中吃美男子

这打不死的妖精！美得入骨和极端

已经不能变成现实中的女士或小姐

更使我无法回到白话文的字面上去读她

---

① 三个丑男人：指古典小说《西游记》里的孙悟空、猪八戒、沙和尚。

第十二首

这样,我的诗中就出现了卧底和坐探

这些不带感情色彩、不为任何标题效力的狗东西

到底何时出现,领多少官银我一概不知

一旦被人读懂它们就除掉连词,咬开意义中的毒药

我看到过一些小诗因为经验不足而成了汉奸

我也看到过一些长诗通过诈降得到了军政府的发表

但另一部分大胆的句子则干脆啸聚山林

率介词、助词等恶狠兵丁

干些开黑店、打家夺舍、劫镖走私的英雄勾当

或者名词和动词竖起杏黄旗,互相招降纳叛

一夜之间披坚执锐、衔枚疾走要去攻打大师

泼皮也出现在字面上,通过潦草的笔画活现在一些年代

这些无赖,服饰花哨、智商低下

到底要干什么我一点也不知道

但险恶的情形在后边

诗人的才气终遭猖狂的收编和诱杀

然后一切归于大师

所以，这些不三不四的字词，我无法无天的酒肉朋友

明天又将去哪家妓院，上哪家酒馆？

第十三首

人民起床废除了古文
老师把马骑进一句话里,在词性上碰到了两个总统
学问趋向两可,政局变得模糊
如同把话说到历史中
如同把字直接写到水上,如同一个人物的归隐

没有版图的帝国仍由皇帝打开了城门
一首诗包含的另一世界正概括那吟诗的人
我对命的获得正基于此,日月如梭
我从世上进来,如今又面临着出去

说进历史的那句话诗歌说不穿,老师在里面兜圈子
如同在世外桃源中捕鱼,在醉中另外醉了一次
如今我也踏马进去,以此梦圆彼梦
在一个朝代里辅佐另一个朝代

第十四首

解放的日子路不够走

把一段历史交给将军,不同于把一座半岛交给哲学
我们可以把一个女孩交给上尉,把绞绳交给宫女
但不能把南方交给语文,我们要讨论民主和科学
在推广白话的过程中提倡一部分人先打官腔
为一部分人多生产枪支,为另一部分人多生产选票
路少的国家只有用来游行
如此可以加厚人民的脸皮用以代替长城

皇帝已经逊位
我们害羞地剪了辫子
我们已剃光脑袋在各省成立了政府

解放的日子,开始学习新文化

我们在遍地烽火中留洋和北伐①

一夜秋风送来了理想,吹熟了粮食和进步的恋人

因此,即使我们看不清革命的实质

也不同于英雄看不清末路

---

① 作者祖父1926年进入云南讲武堂读书,那时已是北伐尾声,他没能参与北伐,也没有被革命文化熏陶,晚年嘴里偶尔有孙文和几句古诗词。

第十五首

海的那一面就是结局

那是南加勒比,我想去睡觉的地方!

当我的耳朵在海面竖起

我就听到了水手们两年前的叹息,一艘邮船

离海难事件至少还有一千里路程

我听到星子们在水里恋爱和叹息

如同那个遥远的暑假之夜

月亮爬进我的书包里悄悄写字

还有天狼星的航灯,招引爷爷的军舰驶进驶出

另一年,在中国扬子江的码头,一艘客船离港

曾使一个少年的梦境得到无限的延续

如今,邮船停下来,在时间上悲哀地作业

在罗盘上寻找沉没地点,然后静静地沉没

信风曾猛烈地吹,把白帆吹向了童年

把心吹回了家乡,把二月吹回了和煦的圣卢西亚

我不知道加勒比海有多远

但我相信世界上的珊瑚、灯塔、报纸和海难

我曾站在船舷,看见那片海域与我灵魂相距的那两年路程

穿插在一个若隐若现的浪漫故事后

正慢慢被翻身的鲸鱼卷进瞳孔

第十六首

沿着白云的山谷有一条通往爷爷家的小路
一路上,我的命被延长和借给他人
而一个女人的青春却因此缩短
她的一生
只够用来约一次会

在那冒着蒸气的家乡,在那书斋里隐现的渔村
我借给别人的是性格和经历
是树枝上高挂的泪珠和马背上斜挂的长枪

我把命借给了别人,在一个上午打开地图
把国家打乱,再用一只信天翁
把南部向北卷叠,然后把活法告诉了他
提醒他飞身上马

把死分作两次来实现

一次是爱，一次当然是恨

就在这两次之间

我坐在大树下，回忆着浪荡的青春

正当阳光耀眼的中午

在海湾，信风播撒着海鸥的花粉

一只钟粗暴地走动

一只蘑菇在倾听海湾对面磨坊的声音

而在海上

我看见巨大的云朵正把时光吸上蓝天

河西走廊抒情

我一直希望诗歌能被尽可能多的人读懂——包括不爱读书看报，也不喜欢上网查阅资料的读者。所以在写作《河西走廊抒情》的过程中，我把思路所触及的一些材料、部分诗句出现时一些可有可无的景象、甚至某种关联一一罗列成条，呈现于后，以使我的创作思路和行文手段得以暴露，尽量将晦涩亮开，尽量将玄虚坐实。

我想说明，我不认为这是注释，我把它看成是我创作每一首诗时隐显其中或紧跟其后的无形的书签。所以我不把它叫注释，而叫签。每一签均以 * 标记，每一首的"签"无具体数目，也无具体位置，读者可阅读参考，也可忽略不读。

李亚伟

第一首

河西走廊那些巨大的家族坐落在往昔中，
世界很旧，仍有长工在历史的背面劳动。
王家三兄弟，仍活在自己的命里，他家的耙
还在月亮上翻晒着祖先的财产。

贵族们轮流在血液里值班，
他们那些庞大的朝代已被政治吃进蟋蟀的账号里，
奏折的钟声还一波一波掠过江山消逝在天外。

我只活在自己部分的命里，我最不明白的是生，最不明白的
　是死！
我有时活到了命的外面，与国家利益活在一起。

　　＊　姓氏是另一种基因。王姓在中国姓氏里颇具代表性。该姓

氏主要有如下几个来源：

1. 商王文丁子比干（纣王之叔）死后葬于朝歌附近，其后人居此守陵，世人称为"王家"。其后代遂以"王"为姓。

2. 周灵王太子晋被废为庶人，其后代改姓王。太原王氏和琅琊王氏逐渐成了这一支的名门，晋朝时期琅琊王氏等中原大族南迁，称为衣冠南渡，为历史上最著名的家族迁徙事件。太子晋也成为王姓最重要的得姓始祖之一，天下王姓十之七八出自太子晋。

3. 战国齐王田建亡国失位，其孙田安参与项羽反秦，被封为济北王。及项羽败，田安失去王位。其子孙以此为纪念，改姓王。

此外，还有鲜卑可频氏、羌族钳耳部、高丽王族、回纥王族、西域胡支姓、满族完颜氏、蒙古王族及耶律氏等，入中原后，也有改为王姓的。大概都因曾是王族之后，或与王族沾边之故。

第二首

一个男人应该当官、从军，再穷也娶小老婆，
像唐朝人一样生活，在坐牢时写唐诗，
在死后，在被历史埋葬之后，才专心在泥土里写博客。

在唐朝，一个人将万卷书读破，将万里路走完，
带着素娥、翠仙和小蛮来到了塞外。
他在诗歌中出现、在爱情中出现，比在历史上出现更有种。

但是，在去和来之间、在爱和不爱之间那个神秘的原点，
仍然有令人心痛的里和外之分、幸福和不幸之分，
如果历史不能把它打开，科学对它就更加茫然。

那么，这个世界，上帝的就归不了上帝，恺撒的绝对归不了
　恺撒。

只有后悔的人知道其中的秘密,只有往事和梦中人重新聚在一起,

才能指出其中十万八千里的距离。

  * 素娥、翠仙,作者杜撰的古代女子名。作者儿时见过一些山里女孩,大都被家里取了类似名字。这些颇具道家色彩的女子姓名,千百年来似乎一直在努力遗传中国古代女子的容姿神态。"文革"前后开始发生改变。

  小蛮,中国名腰。见唐孟棨《本事诗》:"白尚书姬人樊素善歌,妓人小蛮善舞,尝为诗曰:'樱桃樊素口,杨柳小蛮腰'。"在白居易自选集里查不到这首诗,但白在给好友刘禹锡的一首诗中有"携将小蛮去,招得老刘来"句,白居易自注说:"小蛮,酒榼名也。"又,白居易《夜招晦叔》诗有"高调秦筝一两弄,小花蛮榼二三升"句。我相信白居易的白纸黑字——小蛮不是他家的舞姬,而是酒具。当时盛行"西方"文化(波斯或阿拉伯),"蛮"差不多就是现代的"洋",不应把小蛮的腰理解为洋妞的腰。"小蛮腰"就是和"葡萄美酒"一起舶来(驮来)的并与之配套使用的酒具。再看看白居易的《长安道》:

    花枝缺处青楼开,艳歌一曲酒一杯。
    美人劝我急行乐,自古朱颜不再来。
    君不见外州客,长安道,

一回来，一回老。

美女、美酒、白居易。歌一曲，酒一杯。真实。

＊＊　见《圣经·新约》。恺撒的归恺撒，上帝的归上帝——应是耶稣对俗世生活和灵性生命如何结合的一个智慧的解释。《新约·马尔谷福音》：

> 后来，他们派了几个法利塞人和黑落德党人到耶稣那里，要用言论来陷害他。他们对他说："师傅，我们知道你是真诚的，不顾忌任何人，因为你不看人的情面，只按真理教授天主的道路。给恺撒纳丁税，可以不可以？我们该纳不该纳？"耶稣识破了他们的虚伪，便对他们说："你们为什么试探我？拿一个德纳来给我看看！"他们拿了来。耶稣就问他们说："这肖像和名号是谁的？"他们回答："恺撒的。"耶稣就对他们说："恺撒的就应归还恺撒，天主的就应归还天主。"他们对他非常惊异。

还想起恺撒在小亚细亚吉拉城中的一句名言："我来了，我看见，我征服。"

第三首

夜郎国的星芒射向古地图的西端,
历史正被一个巨大的星际指南针调校。

是否只有在做爱时死去,我们的这条命才会走神进入别的
　　命中?
我飘浮在红尘下,看见巨大的地球从头顶缓缓飞向古代。

王二要回家,这命贱的人,这个只能活在自己命里的长工,
要回到祖先的原始基地去,唯一的可能难道只是他女人的
　　身体?

哎呀,散漫的人生,活到休时,
犹如杂乱的诗章草就——我看见就那么一刻,
人的生和死,如同一个句号向西夏国轻轻滚去。

＊　夜郎国存在的时间上限至今难以确定，下限则在约公元前27年。这一年，夜郎王兴同胁迫周边二十二邑反叛汉王朝，被汉使陈立所杀，夜郎也随之被灭。此后，夜郎作为国家不再见于史载。晋朝曾在今贵州北盘江上游设置过夜郎郡，时距夜郎灭国已三百多年。李白所说的夜郎，为唐玄宗天宝年间在今贵州桐梓一带所设的夜郎郡，时间上距夜郎灭国已七百多年了。

　　到底谁是夜郎古国的立国主人？史籍中一直是一团迷雾。

　　＊＊　1032年，拓跋氏夏主李元昊继夏国公位，第二年开始使用西夏年号。在占据瓜州、沙州、肃州之后，西夏领有莫高窟。从夏景宗到夏仁宗，西夏皇帝多次下令修改莫高窟。从其《千手千眼观世音像》等里面的《农耕图》《踏碓图》《酿酒图》与《锻铁图》中可清晰地观察到西夏人的生活内容。

　　1227年末代夏主李睍投降蒙古，蒙古人后按照成吉思汗遗嘱将其杀害，西夏王族灭族，西夏灭亡。蒙古将领察罕入城安抚住了城内军民，使银川避免了屠城的命运，西夏的军民得以保全。但西夏瞬时灰飞烟灭，其文字到明朝以后也成为无人识读的死亡文字。

第四首

河西走廊上的女人仍然待在自己的属相里，
她的梦中情人早已穿上西装、叼上万宝路离开了。
唐朝巨大的爪子还在她的屋顶翻阅着诗集。

做可爱的女人是你的义务，
做不可爱的女人更是你推脱不了的义务。

说远一点，珍珠和贝壳为什么要分家，难道是为了青春？
蛾、茧、蛹三人行，难道又是为了岁月？

远行的男人将被时间缩小到纸上，
如同在唐朝，他骑马离开长安走进一座深山，
如果是一幅水墨，他会在画中去拜望一座寺庙，
他将看见一株迎风的桃花，并且想起你去年的脸来。

＊　属相，意指中国传统。下一行中的万宝路，借指1980年代开始再度进入中国的西方文化。只不过这次西方文化是从海上经中国东南沿海进入内地，河西走廊成了荒芜的后院走廊。

＊＊　将唐朝不同时期地图用幻灯播放，看上去很像不停伸出和收拢的爪子——中原是手掌，安西、北庭、漠北等手指伸缩处诞生了唐代边塞诗。众多当时的知识分子亲身参与战争，形成了边塞诗这种世上绝无仅有的庞大而又精致的暴力美学。

＊＊＊　崔护诗《题都城南庄》：

去年今日此门中，人面桃花相映红。

人面不知何处去，桃花依旧笑春风。

第五首

古代的美人已然远逝,命中的情人依然没有踪影,
她们的镜子仍在河西走廊的沙丘中幽幽闪烁。
所有逝去的美人,将要逝去的美人,
都只能在阅读中露出胸脯、蹄子和口红。

当宇宙的边际渐渐发黄,古老的帝国趴在海边
将王氏家族的梦境伸出天外,
在人间,只有密码深深地记住了自己。

当翅膀记住自己是一只飞鸟,想要飞越短暂的生命,
我所生活的世界就会被我对生与死的无知染成黑色。

而当飞鸟想起自己是一只燕子,那么此刻,
祁连山上正在下雪,燕子正在人民公社的大门前低飞。

*　　还是想起了女人和她们的属相。

**　　刘禹锡诗《金陵五题》的第二首：

　　朱雀桥边野草花，乌衣巷口夕阳斜。
　　旧时王谢堂前燕，飞入寻常百姓家。

乌衣巷地处金陵朱雀桥附近，为东晋王、谢等世家巨族聚居之处。记得美国当代诗人肯尼斯·雷克斯罗斯（Kenneth Rexroth 中文名：王红公）曾将此诗的后二句译写为："从前公爵府门前的燕子，如今飞进了石匠和伐木工家中。"

第六首

雪花从水星上缓缓飘向欧亚大陆交界处,
西伯利亚打开了世界最宽大的后院。
王大和王三在命里往北疾走,一直往北,
就能走进祖先的队列里,就能修改时间,就能回到邂逅之前。

历史正等着我,我沉浸在人生的酒劲中,
我有时就是王大,要骑马去甘州城里做可汗。

风儿急促,风儿往南,吹往中原,
敦煌索氏、狄道辛氏,还有陇西李家都已越过淮河,看不见
  背影。

我知道,古人们常常在姓氏的基因里开会,
一些不想死的人物,在家族的血管里顺流而下,

部分人来到了今天，只是我已说不出，
我到底是这些亲戚中的哪一个。

  *　发祥于大兴安岭的鲜卑人，仅两晋南北朝时期，其内迁的部族慕容氏、乞伏氏、秃发氏、拓跋氏、宇文氏等就建立过十多个政权。锡伯、须卜、师比、席百、犀毗、史伯等都应为鲜卑。西伯利亚应为鲜卑利亚，古鲜卑人的地方。

  *　*　甘州，即今天的甘肃省张掖市，"甘肃"首字即源于此。古甘州位于河西走廊腹地、丝绸之路南北两线和居延古道交汇点上，有"塞上江南"之美誉。古诗有云："不望祁连山顶雪，错把甘州当江南。"

  *　*　*　狄道，现今的临洮县，距兰州几十公里远，美女貂蝉的老家。但这个临洮容易被混淆。比如"北斗七星高，哥舒夜带刀。至今窥牧马，不敢过临洮"一诗中的"临洮"，却是现在的甘肃省岷县。

  *　*　*　*　敦煌索氏、狄道辛氏、陇西李家均为敦煌一带著名大家族，其中曾建立西凉政权的李氏为李广后人，以陇西为其郡望。

第七首

我还没有在历史中看见我,那是因为历史走在了我前面。
回头眺望身后的世界,祁连山上下起了古代的大雪。

祁连山的雪啊,遮掩着祖先们在人间的信息,
季节可以遮蔽一些伟大朝代的生命迹象,时间也会屏蔽幸福!

但在史书的折页处,我们仍能打开一些庞大的梦境,
梦境中会出现命运清晰的景象,甚至还能看见我前妻的身影。
就是在今天,我还能指认:她活在世外,却也出现在别人的
　命中,
是塞上或江南某座桥边静静开放的那朵芍药!

当年啊,她抹着胭脂,为着做妻还是做妾去姑臧城里抓阄,
天下一会儿乱一会儿治,但她出类拔萃,成了宋词里的蝶

恋花。

＊ 最早用的是"涂脂抹粉"一词，感觉太动，后改为"抹着胭脂"，安静了。

＊＊ 姑臧，今武威。曹魏时置凉州，以姑臧为治所，这是姑臧为凉州州治之始。后凉时西方高僧鸠摩罗什曾在此地讲经，大兴佛教，以佛教为载体的西方文化广泛传播进中土。岑参有诗云：

弯弯月出挂城头，城头月出照凉州。

凉州七里十万家，胡人半解弹琵琶。

＊＊＊ 姜夔词《扬州慢》有云：

淮左名都，竹西佳处，解鞍少驻初程。过春风十里，尽荠麦青青。自胡马窥江去后，废池乔木，犹厌言兵。渐黄昏，清角吹寒，都在空城。

杜郎俊赏，算而今、重到须惊。纵豆蔻词工，青楼梦好，难赋深情。二十四桥仍在，波心荡、冷月无声。念桥边红药，年年知为谁生？

＊＊＊＊ 蝶恋花，原为唐教坊曲，调名取义南朝梁简文帝"翻阶蛱蝶恋花情"句。又名鹊踏枝、凤栖梧等。

第八首

嘉峪关以西，春雨永远不来，燕子就永远在宋词里飞。
而如果燕子想要飞出宋朝，飞到今生今世，
它就会飞越居延海，飞进古代最远的那粒黑点。

在中国，在南方，春雨会从天上淅淅沥沥降落人间，
雨中，我想看见是何许人，把我雨滴一样降入尘世，
我怎么才能知道，现在，我是那些雨水中的哪一滴？

祖先常在一个亲戚的血管里往外弹烟灰，
祖先的妻妾们，也曾向人间的下游发送出遥远的信号，
她们偶尔也会在我所爱的女人的身体里盘桓，
在她们的皮肤里搔首弄姿，往外折腾，想要出来。

* 敦煌属极干旱大陆性气候，终年干燥少雨。作者身临其地

河西走廊抒情

时却多次想起了江南雨中燕子的景观,并忆起了宋人晏几道的《临江仙》。词云:

> 梦后楼台高锁,酒醒帘幕低垂。去年春恨却来时。落花人独立,微雨燕双飞。
>
> 记得小蘋初见,两重心字罗衣。琵琶弦上说相思。当时明月在,曾照彩云归。

** 居延海是古弱水(黑水河、额济纳河)的归宿。居延为匈奴语,《水经注》中将其释为弱水流沙。在汉代时曾称其为居延泽,魏晋时称之为西海,唐代起称之为居延海。《史记·匈奴列传》中记载:"(汉)使强弩都尉路博德筑城居延泽上。"同年发成甲卒十八万到河西,设居延、休屠两都尉,后又在这里设郡立县,南北朝时为柔然所占,隋唐时属突厥,宋代为西夏统治,元代称"亦集乃路",在居延要塞设立"亦集乃路总管府",统领军政事务。

公元737年,王维以监察御史的身份赴河西节度使府慰问将士,有诗《使至塞上》:

> 单车欲问边,属国过居延。
> 征蓬出汉塞,归雁入胡天。
> 大漠孤烟直,长河落日圆。
> 萧关逢候骑,都护在燕然。

*** 写到诗末,想起了一首敦煌曲子词:

傻俊角，我的哥，和块黄泥捏咱两个。捏一个儿你，捏一个儿我，捏得来一似活托，捏得来同床上歇卧。将泥人儿摔破，着水儿重和过。再捏一个你，再捏一个我，哥哥身上也有妹妹，妹妹身上也有哥哥。

这应该是很早就在西北一带流传的民谣，我相信是受古代西方（波斯或阿拉伯一带）影响出现的。至少我在波斯诗人莪默·伽亚谟（或译作奥马尔·哈亚姆）写的那些烧陶的诗句里见过类似意象。见《鲁拜集》（或译作《柔巴依集》）。

第九首

我知道政治可以充实生命,
政治可以通过选举或革命另外获得一批新的人民,
我们的文学流派也可以通过新的观念重新获得一批单细胞
　团队。

然而,王大要永远往北走,在互联网彻底罩住世界之前,
或者在互联网消失之后,重新找到他当初出现的原因,
重新找到他消逝的方位,找到他生前在世上快活的真相。

我有时想,我还不如跟着王大翻过祁连山,去敦煌慕容家
　打工。
在瓜州城里,我升官发财,为后人写唐诗,
却不想知道我为何要在自己的家族基因里进出,
为何要在淡黄的汉字里踟蹰、在雪白的谢家寡妇窗前徘徊。

我可以活得很缓慢,我有的是时间成为事实,我有的是时间成为假设,

我还随时可以取消下一刻。

* 慕容姓在宋版《百家姓》中排序为第四百三十六位,在复姓中排序为第二十八位。慕容本是鲜卑族的一个部落名称,三国时其首领莫护跋率族人迁至辽西建国,号鲜卑。西晋时,慕容氏族人建立了燕国,正式以慕容为姓氏。在东晋到十六国时期,慕容氏燕国曾鼎盛一时,在北方建有前燕、后燕、南燕、西燕等国。敦煌后来成为慕容姓之主要郡望之一。

* * 五代归义军时期,慕容家的慕容归盈为瓜州刺史。

第十首

翻过乌鞘岭,王大来到河西走廊,延续他家族的岁月。
他的男祖先被分成文和武,女祖先被分成治和乱,
因此在婚姻中,他的老婆们,被他分成了美和人。

如同在 1983 年,我蓄着分头戴着眼镜进入社会,
我要学习在美中发现人,在人中发现美,
但直接面对美女,我真的可能什么都看不见。

这就是男人们热爱女人,基本上是为了性的主要原因,
因为,如果死能屏蔽生,那爱就会偷换掉我们的性。

而我如果想远远地看清生死,想用古代佳丽替换当代美女,
那我年轻时所有的情色和艳遇,所有的钟情和失恋,
都是扎根于博大的理论而毫无实际指导意义。

如今，我清楚地知道，在生与死互相屏蔽的世界上，
我们所爱的女人的胸脯，应该细分，分成乳和房，

如此的生命认识，使得我今儿个多么地简朴，多么地低碳！

　　* 乌鞘岭是河西走廊和陇中高原的天然分界，也是干旱区向半干旱区过渡的分界线，并且是东亚季风到达的最西端。其年均气温-2.2℃，明代时就叫"分水岭"，志书对乌鞘岭有"盛夏飞雪，寒气砭骨"的记述。林则徐在《荷戈纪程》中描述了他经过乌鞘岭时的情景："八月十二日，……又五里乌梢（鞘）岭，岭不甚峻，惟其地气甚寒。西面山外之山，即雪山也。是日度岭，虽穿皮衣，却不甚（胜）寒。"

　　汉霍去病率军出陇西击匈奴，收河西入西汉版图，曾筑长城，经庄浪河谷跨越乌鞘岭。

　　** 那一年，作者开始学习追逐异性。

第十一首

焉支山顶的星星打开远方的小门,
门缝后,一双眼睛正瞧着王二进入凉州。

王二在时间的余光中瞧见了唐朝的一角。
但如果他要去唐朝找到自己,要在那片时光里拜访故人,
并且,想在故人的手心重写密码,
月亮就会重新高挂在凉州城头。

月亮就会照见一个鲜活的人物在往昔的命运里穿行。
月亮在天上,王二在地上,灯笼在书中,
却照不见他王二到底是谁、后来去了何方。

如同今夜,月亮再次升上天空,在武威城上空巡逻,
月亮照亮了街道、夜市和游客,还照见了酒醒的我,

却照不见那些曾经与我同醉的男女。

那一年,王二到了凉州,出现在谢家女子的生活里,
如同单于的灵魂偶尔经过了一句唐诗。

如同在星空之下,
李白去了杜甫的梦中。

* 焉支山,又名燕支山、胭脂山、大黄山。匈奴首领的妻子都出在这个地方。山下生活着大月氏人、乌孙人和塞种人等土著居民,这些居民的祖先,可以远溯到原始社会时期的三苗人,他们在中原的部落冲突中战败,就远徙到这块当时被称作"西戎地"的地方。匈奴人也留下了诗歌:"失我祁连山,使我六畜不蕃息。失我焉支山,使我妇女无颜色。"

冒顿单于引兵打败了当时的河西走廊霸主大月氏,把大月氏首领的头颅割下来,镶上了宝石作为饮酒的器皿。

英国前卫艺术大师达明·赫斯特(Damien Hirst)做过一件白金钻石骷髅头骨的作品,该作品以一亿美元的天价售出。

** 武威,汉骠骑大将军霍去病征河西、败匈奴,为彰其武功军威而名之,治所在姑臧。自汉武帝开辟河西四郡始,历代王朝曾在这里设郡置府;东晋南北朝时,前凉、后凉、西凉、南凉、北凉

等国和隋末的大凉政权先后在此建都,在很长一段时间里,武威都是长安以西的大都会、中西交通的咽喉、丝绸之路的重镇和民族融合的婚床。

* * * 杜甫诗《梦李白》中有"三夜频梦君"一句。三,虚指,描述杜甫一段时间里经常梦见李白。

第十二首

燕子飞过丝绸之路,
燕子看不见自己是谁,也看不见王家和谢家的屋檐。

如果燕子和春天曾被祖先的眼睛在甘州看见,那么
我在河西走廊踟蹰,在生者与死者之间不停刺探,
是否也会被一双更远的眼睛所发现?

有时我很想回头,去看清我身后的那双眸子:
它们是不是时间与空间一起玩耍的那个同心圆?
是不是来者与逝者在远方共用的那个黑点?

但谢家的寡妇在今儿晌午托来春梦,
所以我想确认,如果那细眼睛的燕子飞越我的醉梦,
并在我酒醒的那一刻回头,它是否就能看见熟悉的风景

并认出写诗的我来?

* 关于托梦,《地藏经》中如是说:

复次普广,若未来世诸众生等,或梦或寐,见诸鬼神乃及诸形,或悲或啼、或愁或叹、或恐或怖。此皆是一生十生百生千生过去父母、男女弟妹、夫妻眷属,在于恶趣,未得出离,无处希望福力救拔,当告宿世骨肉,使作方便,愿离恶道。

普广,汝以神力,遣是眷属,令对诸佛菩萨像前,志心自读此经,或请人读,其数三遍或七遍。如是恶道眷属,经声毕是遍数,当得解脱;乃至梦寐之中,永不复见。

第十三首

醉生梦死之中，我的青春已经换马远行。

在春梦和黄沙之后，在理想和白发之间，在黑水河的上游，
我登高望雪，我望得见东方和西方的哲学曲线，
却望不见生和死之间巨大落差的支撑点。

唉，水是用来流的，光阴也是用来虚度的，
东方和西方的世界观，同样也是用来抛弃的。
王二死于去凉州的路上，我们不知他为何而死，
当然，就是他在京城，我们也不知他为什么活着。

在嘉峪关，我看见了卫星也不能发现的超级景色：
逝者们用过的时间大门，没有留下任何科学痕迹，
从河西走廊到唐朝，其间是一扇理性和无知共用的大门，

文化和迷信一起被关在了门外。

在嘉峪关上,我看了一眼历史:
在遥远的人间,幸福相当短暂——
伟大也很平常,但我仍然侧身站立,
等着为伟大的人物让路。

* 黑水河,又叫黑河,即弱水。中国第二大内陆河,流入居延海。由于生态等原因,居延海曾彻底干涸,成为中国西部地区继罗布泊之后第二大干涸湖泊。2003年黑水河再次流入居延海,恢复了部分水面。

** 武威,即古凉州。

第十四首

如果地球能将前朝转向未来,我仅仅只想从门缝后看清
曾经在唐朝和宋朝之间匆匆而过的那匹小小的白马。

今天,我也许很在乎祖先留给我的那些多情的密码,
也许更在乎他们那些逝去的生活,那些红颜黑发:
美臀的赵、丰乳的钱、细腰的孙和黑眼的李——

虽然她仍然长着那些不死的记号,但我要问:
在河西走廊,谁能指出她是游客中走过来的哪一人?

哎呀,花是用来开的,青春是用来浪费的,
在嘉峪关上,我朝下看了一眼生活:
成功从来都很扯淡——幸福也相当荒唐,
但我也只能侧身站立,为生活比我幸福的人让路。

* 见成语"白驹过隙",出自《庄子·知北游》:"人生天地之间,若白驹之过隙,忽然而已"。

** 赵、钱、孙、李,《百家姓》之最前面四个姓氏。

第十五首

所有人的童年都曾在父母的家门前匆匆跑过,
我却看不见那个童年时的我,
如今去了何处?

他会不会已装扮成别的生物,藏在月亮后面鸣叫?
是不是比现在的我还快活?我想知道,今儿,
他会在哪一本日记里装病、在哪一拨儿童里眺望?
又会在哪一位少女的视野中消失?

如今,我跋涉在武威和张掖之间的戈壁上,行走在时间的
　　中途,
我骑在骆驼上,眺望祖先们用过的世界——
世界,仍然是一片漠然之下的巨大漠然。

姑臧城外，蚯蚓在路边生锈，
蟋蟀将胡须探出城墙，正在给古代的儿童拨手机。

今儿啊，又有谁的童年，正在从他父母的门缝前跑过？
他还是骑着那匹小小的白马，比兔子和乌龟加在一起跑得
　　还快！

　　＊　见《伊索寓言》之龟兔赛跑。亦可查阅古希腊哲学家芝诺关于"阿基里斯追不上乌龟"的著名悖论。此悖论与本诗创作时相关的意象点是：乌龟制造出无穷个起点，它总能在起点与自己之间制造出一个距离。其要点是：两个彼此分离的不同的时空点；时空的无限可分性。否认时空之间的互相联系，进而可否认运动的真实性。

第十六首

在中国,很早就有一个隐形政府在汉字里办公,
用一套伟大的系统处理着人间的有和无,
用典籍和书法、用诗词歌赋处理我们的风花雪月。

但是,还有一个更加伟大的政府,它高高在上
处理着我们的内心,处理着我们的前世和今生。

所以我一直说不清,我曾在哪一个朝代里从军,在哪一座城
　　池里恋爱,
后来,又在哪一朝政府中挥霍掉了青春。我始终想不起,
我究竟在哪一个民族打烊时,看见过一个我热爱过的身影。

在河西走廊,在嘉峪关上,我只能看见
时间留下了巨大的十字路口,

所有朝代都找不到在人间的位置。

＊ 从大西洋东岸的撒哈拉沙漠经阿拉伯半岛、伊朗高原、蒙古草原到毗邻太平洋西岸的大兴安岭，是地球上最大的一条连绵起伏的干旱带。干旱带上生活着游牧民族，干旱带的两侧——西段的北边（欧洲诸国）和东段的南边（印度、中国等）是农业社会（犹如太极图）。这条干旱带是从远古到近代人类活动最繁忙的一条大通道，世界上各种先进文明都在这条干旱带上面传播，各民族血缘都在这条通道上融合。犹如航海时代之后的马六甲，在游牧和农耕时代，河西走廊堪称世界第一个重要的十字路口。

第十七首

如果月亮穿过书中淡黄的世界,刚好照亮了一段熟悉的日子,
如果我走进那段日子里面,想起自己曾是王二的旧友,
我也不会放下酒杯,摊开手掌将密码对照和查阅。

如果历史已远逝,未来又来得太急促,那我何须知道——
曾经的某人是否就是现在的我,现在的我又会是今后的谁?

如果我的青春也行走得太快,我还不如让它停下来,
在河西走廊的中途,让它卷起一阵儿尘埃,
或者,我还不如翻过祁连山找友人喝酒去。

如果今夜我已经走出某段光阴,出现在张掖,坐在酒桌边
　　大醉,
那么,即使王二早已从甘州出发,在尘埃后面露出笑脸,

他也只是一个陌生的游人,一个谁也不认识的酒客!

唉,今夜,在王二的醉梦中,或者,在我背后的那片夜空里,
有一只眼睛在伊斯兰堡,有一只眼睛在额尔古纳——
有人正在天上读着巨大的亚洲。

* 但丁《神曲》有"在人生旅程的中途"句。

第十八首

如今，我从人生的酒劲儿中醒来，
看见我所爱的女人，正排着队
去黄脸婆队伍里当兵。

酒楼外，经理们正管理着我们的今生，
指数也正要接管人类的未来。

哎呀，就在今天，我仍然看见一位白肤美人，
穿着制服，走在命中！
却也恍若走在世外！

光阴似箭，日月如梭。
时间一块一块飘回古代，
仿佛斑驳的羊群，正无声地涌入佛法，

所有的历史，正向着宇宙的深处轻轻地坍塌。

* 古人以日月星辰确定时间和方位，进而得到了宇宙的概念，依据天上的标识从宏观上得以认知人类的时间和空间。因而，中国古代知识分子习惯于把大地叫作天下。既然我们探究人类社会的视角来自天上，那么，地上的终极问题都将仰仗上天定夺。同样，哪儿来哪儿去，人类使用过的时间、空间等一切大器物迟早也都将交还给上天。

第十九首

在人类的上游,河西草原上只有梦境庞大的远行者零星经过,
在那时,预言和报应还很准确,
先知、巫婆还很多,很勤奋,他们认真处理着人间的杂务。
时间还很长,长得没有边际,正在准备变成历史。
铜还在等着哲学。

那时的我和现在的我一样,最远只能看到银河系。

那时的我,不知道自己是什么样的生命,在春天
我会成为雨水在无边的人间慢慢地下,轻轻地蒸发,缓缓地
　飞升,
那时的我,还回头看了看居延海,低头看了看人生,
想看清自己没被蒸发掉的那几滴。

＊　夏朝已经开始使用锻锤出来的铜。1957年和1959年两次在甘肃武威皇娘娘台的遗址发掘出铜器近二十件，经分析，铜器中铜含量高达99.63%～99.87%，属于红铜，即天然铜。1933年，河南省安阳殷墟发掘中，发现重达18.8千克的孔雀石，直径在1寸以上的木炭块、陶制炼铜用的将军盔以及重21.8千克的煤渣，呈现了三千多年前人类从矿石取得铜的过程。史家称这个时期为青铜时代。战国时代的著作《周礼·考工记》辑录了熔炼青铜的经验，记录了青铜铸造各种不同物件所采用的铜和锡的不同比例。

金有六齐（方剂）。六分其金（铜）而锡居一，谓之钟鼎之齐；五分其金而锡居一，谓之斧斤之齐；四分其金而锡居一，谓之戈戟之齐；三分其金而锡居一，谓之大刃之齐；五分其金而锡居二，谓之削杀矢（箭）之齐；金锡半，谓之鉴（镜子）燧（利用镜子聚光取火）之齐。

＊＊　想起了李白的"疑是银河落九天"，想起了古希腊人将银河叫作"牛奶路"，想起了河的两岸还住着牛郎和织女。

第二十首

那时，做梦也是真的，第二天消息就会传来，
那时，北方的小国还在梦中吃奶，宰相还在乡下写诗。
铁还没有形成现在的逻辑，
只有水果在等着自己变得越来越可爱。

那时的我，也和现在的我一样，能到达的最近地方就是走进
　　自己的梦里。

在旧的地方消逝，在新的地方出现，恍若又过了一生，
人的一生也如同在梦中进出，每一次醒来背后都会有熟悉的
　　声音。

只是，今儿个，唐朝的谢家寡妇不会再回头看我，
李白也离开杜甫的梦境，去了月亮的背面。

只是啊,今儿个,王三从历史中走了出来,

此刻正站在嘉峪关上,正远眺古代的我。

但历史越来越模糊,大地越来越清晰,

时间越来越短,短得分不开,成了黑点,成了现在。

  * 1973年,河北省出土了一件商代带铁刃的青铜钺,表明中国人早在三千三百多年以前就认识了铁,且熟悉了铁的锻造工艺。把铁铸在铜兵器的刃部,加强铜的坚韧性,又表明他们识别了铁与青铜在性能上的差别。经鉴定,铁刃是用陨铁锻成的。中国最早人工冶炼的铁是在春秋战国之交出现的。江苏六合春秋墓出土的铁条、铁丸,以及河南洛阳战国早期灰坑出土的铁铸是中国迄今为止发现的最早的生铁工具。铁的发现和大规模使用,是人类发展史上的一个里程碑,它把人类从石器时代、铜器时代送进了铁器时代。

  埃及第五王朝至第六王朝的金字塔所藏的经文中,记述了太阳神等重要神像的宝座是用铁制成的。铁被那时的埃及人视为神秘的金属,他们把铁叫作"天石"。在古希腊文中,"星"和"铁"是同一个词。

折　腾

李亚伟

　　我近些年唯一一个满意的作品是《河西走廊抒情》。2005年开始写，到2011年才写完诗歌正文部分。2005年写出前六首后，技术上遇到了困难，尤其是第五、六首，写出来后觉得这二首太匆忙，应该在更后面出现，也即，那会儿我实际上只完成了前四首。总之，我感觉准备不足，再写下去会钻牛角尖，而一旦钻进牛角尖，根据我的经验，不但写起来艰难，快活也会变成苦活，写成之后差不多就是一个平庸的作品。

　　而我已经意识到这个作品可以是自己的一个里程碑，至少是自己非常想去爬的一座高山。一座高山，我不能从较矮的山口、较低的海拔就翻越过去了。因此就暂时放下，玩别的去了，去各地找朋友喝酒去了。当然，这期间有空我也做了些准备，细读了很多相关的书籍，又再次去了河西走廊，后面这次去的时候是从兰州进去的，然后穿过祁连山从西宁出来的。

这一折腾耽误，就到了2011年春，我不甘心这个作品又变成断章残句——早先，1992年我曾立下宏愿，要写一百首关于辛亥革命到"文革"的"革命的诗"，描述东西文化大交融背景下中国人的生命状态，名字叫作《红色年代》。后来因为下海要去挣钱养活自己停了下来，只写出了十八首，一直非常遗憾。所以，这次铆足了劲儿要完成，不能重蹈覆辙，坚决要写一个完完整整的大作品出来。

2011年春天开始再写。当初写到前四首的时候，这首诗还只叫作《河西走廊》，"抒情"二字是这次重写时加上去的，当时，很多先锋诗人在回避一些修辞，认为是传统的东西，仿佛谁用谁傻瓜，我就想到要故意为之，因为我认为：你处理不好，才害怕它、回避它。挑战语言难度，在最艰险的语境中抒下情，更好玩！

写到十来首的时候，我明白了这个作品内容很大，并且，我可以用几种在前十首写作过程中隐约出现的方式来调控节奏、情绪，还可以让字词与字词之间、句式与句式之间互相呼应勾连，出现意外的效果。写到十五首的时候我遇到了一些困难，不是字词和句式的困难，是境界被打开之后整体布局的困难，是每一首之间情绪呼应和语境勾连的困难。但也颇有心得，内心喜悦，情绪蔓延得相当宽阔。同时我也明白：

再写下去，就属于强迫写作，属于强奸诗意。我一直认为，创作应该是愉悦的、生动的，强扭的瓜不甜嘛，强迫写作是对字词的冒犯。

于是，我找地方躲起来，再次做准备，又查阅了很多资料，秋天去河西走廊上又实地晃悠了一大圈，坐下来完成了后面的部分。待后来做完《河西走廊抒情》第二部分"签注"时，时间已是2012年。前后总共七年，但其实真坐下来闭门写完诗歌部分，也就二三个月而已。

诗后的"签注"部分耗时较长，它和我今年出版的《人间宋词》一样，是我创作《河西走廊抒情》时顺藤摸到的瓜。我在"签注"前附了一个小前言。

在准备写作时，我查阅了哪些资料、怎样使用这些资料的？

比如：一开始，我只是顺便查阅了和燕子、春天有关的一些古代文字资料，诗词类居多。但在写作过程中，我开始大量阅读各种版本的宋代资料，因为我发现河西走廊在地域气候和历史人文特性方面，唐代气息很重，和很多唐诗匹配，但太匹配反而难以融合，字词上的强弱、情绪上的悲喜、音节上的刚柔、场景中的阴阳，等等，如果没有互相的抓扯、彼此的呼唤，真的难以写完一个大的作品。宋词、江南等气质，正是这种抓扯、呼应的另一方，它们成了一个远远的若有若无的锚链。

其实,《河西走廊抒情》有声音上的特点,它非常适合朗读,这也是宋词,是的,可以吟唱的宋词暗示给我的节奏。

还有,两晋之交,中原衣冠南渡,之后在南方出现了很多文武兼优的豪门望族,王、谢两家堪为代表,历史上关于王、谢的记载和各种诗文也不少。这些资料在诗中被我融化并且勾兑。王氏是男性,谢氏是女性,"王"这个姓氏的来源本来有王权的影子,可以凭这个汉字的字形获得某种与权力、地位以及男性社会欲望相关的暗示,而"谢"字,《说文》言"辞去也";《广雅》言"去也";《正韵》言"绝也",都有生命衰退、花朵凋零的意思在里面。男人代表社会毫无餍足的欲望,女人代表生命、生活的花开花落,但太隐晦,故我在诗后的签里面并未专门提及,只是希望给读者在阅读时一点点信息,读者在阅读时在乎也行,不在乎也可,根本不影响阅读,没有造成丝毫的阅读障碍。但是,我又挺自作多情,想在诗中给足信号。

河西走廊是一个非常独特的地理区域,自然风光和人文历史相互浸染、渗透、交错和辉映,在地理、气候方面就有令人叹为观止的景观;在物产、风俗方面也有缤纷奇异的景象。虽说我是查足了资料去,喝酒骑骆驼看风景而已,但内心不一样,感到了祖先们用过的大地还存在,看见过祖先们身边飞过的燕子还在低飞,感受了俯视过祖先们的天空还在俯视着我们。如此而已。

我快有十几年不读文学类书籍了,尤其是被翻译得东倒西歪的里尔克、策兰之类破玩意儿诗歌,倒是读了很多世界历史、考古类书籍和文献,发现从蒙古草原到西非海岸整个干旱带这条大通道是地球上最了不起的一条路,河西走廊又是其中最美妙最神秘的一个环节——但是也因为我见识有限和受语言所限,所以,只能用河西走廊这个神奇的点来探讨人类情感和生死秘密,抒发我——作为个人对这些情感和秘密的感受,但我相信,这也是所有诗歌的终极任务。

有人问我,为了一首诗而实地考察,有必要吗?现在网络上查资料很容易。

根据我个人的写作经验,或者说出于个人写作风格的原因,我相信一首好诗要有和内容匹配的气质,这气质从何而来?从生活中来,文字资料只能提供线索和场域,只凭阅读写作,很难获得生动的情境,也很难把文字最美的部分唤醒。

我去河西走廊,也并未像文艺理论书上所说的搞深入调查、访问采风之类,我和现在的游客差不多,也去瞄了瞄景点,照照相,骑骑骆驼,白天看戈壁,进沙漠,晚上去夜市大喝夜酒。不同的是,我是心里装着很多资料去的,带着很多诗性的触碰点去的,心里装着巨大的历史场域,里面有很多感觉需要得到呼应：从大兴安岭到巴格达，从匈奴、鲜卑、柔然、蒙古、中原到高车、突厥、波斯、阿拉伯、拜占庭，这个大走廊，既是空间上民族融合、整理的地理带，也是时间上人类文化传播、演变的黑匣子，当然，我不是去考古的，也不是去解密的，我是诗人，我是去触碰某种文化密码的，是去寻找某种生命记忆的，我相信，种族、文化的基因还在当地的生活中留存，还在敦煌或者张掖那些早晨、正午、深夜的时间交替中隐现。

"祖先常在一个亲戚的血管里往外弹烟灰"，这些在实地旅行考察中能真真实实感觉到。

我在诗中涉及了一些大的材料，与其说我在诗中涉及了世界观、生命观的讲述，还不如说，我被我自己对生命的思考生生地牵扯进了一个诗歌不太应该染指的领域。既然是被自己的内心牵扯进去的，那就不得不把它用诗歌描写出来。可以说，这样的写作风险是在诗中自然出现的，所以我紧张畏难都没有用，还不如直面它，老老实实下功夫。

在诗中，我写那些超越哲学和神（科学和迷信）的东西，并与那些对于人类来说高高在上或毫无踪影却一直吸引我们灵魂、压倒我们性命的东西触碰，是想更换我们理性中的思维标尺，确实，我们已知的生命都在地球上，但它们最初的、最终的来和去，肯定和宇宙有关，和未知的时空有关，诗人通过诗歌的形式,用宇宙中最大的尺度或者用情感里面最小的尺度思考生命都是合适的。

但是,我也知道,这组诗将灭掉自己以前的诗歌文本,终结自己以前所有的创作手法,并且,将在宽度和深度以及技术上出现我未曾见过、未曾想象过的新的景象。

我认为我在这组诗歌的创作中,成就了一种难以再次进入的写作维度。我深陷于其中的布局、节奏和韵律。对我来说,贯穿始终的结构和呼应,明白如话又匪夷所思的奇异配搭,这些情形,我自己都认为是一个高度,恐怕我自己也再难逾越。简言之,《河西走廊抒情》这个作品,写作过程中如有神助,真的,我相信,没有神的帮助,我写不出来。

但是,想想前贤,他们超过一个个高度,我们后人读来只是远眺,毫无当初艰难险峻之感。天梯难上,人间好回。天梯也只是人间的一部分。

一首好诗也是人界和神界之间的一段天梯。

写于 2018 年